中华粮食文化教育读本

吟詩誦糧

古诗中的粮食文化

崔志远◎著

林美妤◎绘

中国轻工业出版社

序

粮食是人类生存和社会繁衍生息最基本的物质。在百万年的人类史、一万年的文化史、五千多年的文明史中，粮食始终处于不可或缺的地位。沧海桑田，粮继大业。中华粮食文化悠久绵长、博大精深，既是中华优秀传统文化的有机组成部分，又在现代文明建设中焕发出新的勃勃生机。

自古以来，"民以食为天"的粮食信仰、"贵粟重储、积谷防饥"的治国方略、"耕三余一、平粜齐物、以丰补歉"的储备思想、"不违农时、颗粒归仓"的劳动智慧、"宁流千滴汗，不坏一粒粮"的奉献精神、"一粥一饭当思来之不易"的节俭美德，共同构成了中华粮食文化的丰富内涵，代代流传，绵延不绝，滋养着华夏土地上的每一个心灵。岁月不居，春耕冬藏，根植于中华民族千百年生产生活中的粮食文化，充分彰显了中华文明的连续性、创新性、统一性、包容性、和平性等突出特性，具有世界范围的文明价值。

我国最早的诗歌总集《诗经》里就有"不能艺黍稷，父母何食"的诗句。意思是说，如果不能劳苦耕作种植五谷粮食，家中的父母儿女何以为食。深入研究挖掘解读中国历史上有关描写粮食生产、劳作、储备、节约的文字，对于弘扬粮食文化具有独特的意义，也非常有助于当代中国社会理解和传承这些优秀文化。

2023年9月，我因工作关系，到位于黄海之滨的山东烟台市出差。在山东商务职业学院校园的青年湖畔，崔志远老师向我讲述他对中华粮食文化的研究心得，视角独特，见解深刻，娓娓道来，引人入胜。他多年来致力于粮食文化的研究和传播，身上流淌的浓浓粮食情怀给我留下了深刻印象。

志远老师注重挖掘和梳理粮食文化相关古典文献，从汉字、古诗和古文的角度来解读中华粮食文化，精心研究编写《解字说粮：汉字中的粮食文化》《咏诗诵粮：古诗中的粮食文化》《品文论粮：古文中的粮食文化》三部著作，系统展现我国传统社会粮食制度、思想、礼仪、风俗习惯等内容，还阐发自己对粮食的思考与感悟。他通过选取与粮食相关的诗词名句、古籍文章以及古文字，追根溯源，旁征博引，勾勒出鲜活的历史场景，讲述了一个个生动的粮食故事。这些成果角度新颖、内容丰富、生动活泼、自成体系，具有很好的创新性、思想性和可读性，是对中华粮食文化研究传播的有益探索，很有价值。欣闻三部作品拟作为"中华粮食文化教育读本"系列陆续出版，我感到由衷高兴，表示热烈祝贺！

　　志远老师所服务的山东商务职业学院是国家粮食安全宣传教育基地。我们漫步在校园里，可以看到到处是精心陈设的弘扬粮食文化的雕塑群、文化墙和主题公园，能够感受到学校特色粮食课程和粮食主题校园活动的浓厚文化氛围，彰显着该校"因粮而生、为粮而办、向粮而进"的文化基因。

　　追溯山东商务职业学院的历史，1975年成立的山东省烟台粮食学校正是她的母本。该校一直致力于粮食人才的培养和粮食文化的研究传播，校友逾十万，服务于齐鲁大地和全国各地粮食战线，可谓"桃李满天下，春晖遍四方"。在这样一所有着优良传统的学校里，学习生活着一大批为传承粮食文化和粮食储藏检验加工等技艺而孜孜以求、躬耕不辍的师生。我们相信：未来这里将走出更多技术能手、大国工匠，他们都将成为守住、管好"天下粮仓"的国家栋梁。

　　"喜看稻菽千层浪，遍地英雄下夕烟。"希望系列读本能够成为一张文化名片，让更多人了解广博深厚的中华粮食文化和蓬勃发展的粮食职业教育，汇聚起更多更大的合力，共同为保障国家粮食安全、推进强国建设贡献智慧和力量。

　　是为序。

李福君

2024年9月5日

前言

中国是一个农业古国、粮食大国，向来注重以民为本、以食为天。在几千年的历史长河中，粮食文化在人们农业生产实践和保障粮食安全实践中不断形成和发展，源远流长、一脉相承、蔚为大观。

诗作为最古老、最基本的文学形式，是人们抒发情感、记录生活、传递理念的主要载体，内容涵盖了天人之际、古今之变的各个方面。古诗堪称中华文化的瑰宝，其中，不乏以粮食文化为主题的优秀诗篇。随着这些古诗被口口相诵、代代相传，粮食文化也在人们的生产生活中持续得到丰富、印证和升华，进而展现出独特的魅力。

本书从粮食文化的角度梳理和精选出60首在史实叙述、政论阐发、文学表达等方面具有一定代表性的古诗，按照以下四个主题各选15首加以解读。

一是"重粮祈丰"，体现粮食重要地位。保障粮食安全、盼望粮食丰收是人们最质朴、最深切的情感。这15首古诗，是诗人出于对粮食重要性的深刻认识而创作的祭拜先祖、讴歌农业、敬畏粮食、祈盼丰收等题材的诗歌。

二是"事粮保生"，展现粮食获取工序。确保粮食安全，涉及粮食生产加工、储藏流通和救荒赈济等各个环节。古人在长期的农业生产实践中积累了丰富的经验，形成了系统性的思想和理论。这15首古诗，记录了人们从事粮食生产的过程，阐发了稳住粮食、保障民生的理念。

三是"惜粮悯农"，突显粮食珍贵价值。人们获取粮食并非易事，必须统筹协调好自然条件、劳动意志、农业技术、社会制度等多方面因素，因此农民之不易、粮食之珍贵是人们的共识。这15首古诗，反映了古代诗人怜悯农民、批判恶政等情感，突显了珍惜粮食的必要。

四是"寄粮题咏"，彰显粮食丰富内涵。粮食与人们的生活密不可分，也逐渐成为人们精神和情感的寄托而被赋予了深厚的文化意义。这15首古诗，是古代诗人寓情于粮、借粮论事、以粮明志而创作题咏的优秀诗作，通过粮食来抒发对人生和社会的感悟。

"诗者，人之性情者也。"古代诗人通过以上古诗阐释了对粮食文化的认识，记录了对国计民生问题的观察，抒发了个人的情感与志向，也反映了民众的喜怒与哀乐，既是诗人性情的体现，也是历史的镜子，更是人民的心声。这些古诗成为中华优秀传统文化的重要内容，也是我们研究中国粮食发展史和做好新时代粮食安全工作及粮食文化建设的宝贵资料。

"不学诗，无以言。"民众通过对这些古诗的理解和吟诵，广泛了解粮食文化，引起爱粮惜粮的价值共鸣，激发居安思危、自强不息的精神追求。时至今日，这些古诗的价值历久弥新，仍能发挥启迪思想、激励精神的作用。习近平总书记强调，中国文化源远流长，中华文明博大精深。只有全面深入了解中华文明的历史，才能更有效地推动中华优秀传统文化创造性转化、创新性发展，更有力地推进中国特色社会主义文化建设，建设中华民族现代文明。在全面建设社会主义现代化国家、全面推进中华民族伟大复兴的新征程上，对蕴含粮食文化的古诗开展深入研究，促成其创造性转化、创新性发展，对于夯实国家粮食安全根基、加强中华粮食文化建设具有重要的推动作用。本书是对粮食文化"两创"（即创造性转化、创新性发展）的初步探索，希望能在厚植文化底蕴、深耕文化沃土的伟大实践中贡献一份力量。

本书获得"山东省社会科学普及应用研究项目"（项目编号：2021—SKZC—25）支持。

崔志远

目录

重粮祈丰

后稷立烝民 / 010
成王率播谷 / 013
彼甫田有年 / 016
彼大田多稼 / 019
良耜载南亩 / 023
九谷斯丰茂 / 027
八政始于食 / 031
候时勤稼穑 / 035
黍稷有丰期 / 038
粒粟山丘重 / 041
农家真富贵 / 044
风染三千顷 / 047
丰歉由人力 / 050
治乱从此始 / 053
圣主重民事 / 056

事粮保生

且喜输官办 / 062
流民获所依 / 066
嘉谷抽新萌 / 070
万顷平如掌 / 074
绿针刺风漪 / 078
笑歌插新秧 / 082
良苗日怀新 / 086
倒流竭池塘 / 089
欢呼荷担归 / 092
糠粃凌风前 / 095
照人珠琲光 / 098
岁暮粟入庾 / 102
丁壮俱运粮 / 105
平阳米价低 / 109
卖得二百钱 / 112

惜粮悯农

不能蓺稷黍 / 118
取禾三百廛 / 122
可食鲜可饱 / 125
寒馁常糟糠 / 129
飞蝗至枯茎 / 133
枯焦我田亩 / 137
尽去作商贾 / 141
田中谷自生 / 145
披蓑半夜耕 / 149
山中寒气多 / 152
拾穗不盈把 / 156
水车啼不歇 / 159
夏秋皆赤土 / 162
米船却翻回 / 166
有儿不暇乳 / 169

寄粮题咏

心忧或何求 / 174
人生归有道 / 177
俾尔仓廪实 / 181
宁知逢世昌 / 185
念此私自愧 / 188
道直诚感激 / 192
露积如山垄 / 196
贫中更相思 / 199
众生皆得饱 / 202
食粥致神仙 / 205
喜极还垂涕 / 208
味之有余美 / 211
官府宜爱惜 / 214
农家乐事同 / 217
有志独无田 / 220

附录 相关诗人简介 / 223
参考文献 / 237
后记 / 239

重粮祈丰

| 后稷立烝民 —— 010
| 成王率播谷 —— 013
| 彼甫田有年 —— 016
| 彼大田多稼 —— 019
| 良耜载南亩 —— 023
| 九谷斯丰茂 —— 027
| 八政始于食 —— 031
| 候时勤稼穑 —— 035
| 黍稷有丰期 —— 038
| 粒粟山丘重 —— 041
| 农家真富贵 —— 044
| 风染三千顷 —— 047
| 丰歉由人力 —— 050
| 治乱从此始 —— 053
| 圣主重民事 —— 056

后稷立烝民

思文后稷[1]，克[2]配彼天。
立[3]我烝民，莫匪尔极[4]。
贻我来牟[5]，帝命率育。
无此疆尔界，陈常于时夏[6]。

——先秦·佚名《诗经·周颂·思文》

1 思：语助词。一说为"思念"。　文：文德，即治理国家、发展经济的功德。　后稷（jì）：周人始祖，姓姬氏，名弃，号后稷，是舜时期的农官。　2 克：能够。　3 立：通"粒"，米食，泛指"养育"。　4 莫匪尔极：没有不受您的恩赏。　莫匪：没有不。　极：最，此指功德至极。　5 贻（yí）：遗留，赐予。　来牟：也作"䅘（lái）䅙（móu）"，麦子。　6 陈：布陈，遍布。　常：常法，常规，此指种植农作物的方法。　夏：指中国。

成王率播谷

噫嘻成王[1]，既昭假[2]尔。
率时[3]农夫，播厥[4]百谷。
骏发尔私[5]，终三十里。
亦服[6]尔耕，十千维耦[7]。

——先秦·佚名《诗经·周颂·噫嘻》

1 噫嘻：感叹声。 成王：周成王。 2 昭假（gé）：招来。 昭：通"招"。 假：通"格"，到来。 3 时：通"是"，此。 4 厥（jué）：其；他的。 5 骏：迅速。 私：同"耜（sì）"，耕田用的农具。 6 服：从事。 7 耦（ǒu）：两个人各持一耜并肩共耕。

悠悠万事，吃饭为大。粮食虽小，却关乎国运。古来圣贤君主，无一不把粮食安全作为稳社稷、强国力、保民生的重中之重。

保住粮食生产，是保障粮食安全的前提和根基。对一国之君来讲，如何调集最优质的资源服务粮食生产，如何动员最广大的力量促进粮食生产，是摆在安邦治国首要位置的"国之大事"。

当冬雪消融、春意萌发的时候，国君敏锐地感受到了蓬勃生机的气息，更警觉到了春耕与国运之间的紧密联系。于是，他带领贵族百官，阵势浩大地来到农田里，举办隆重的仪式，向天帝和先祖祷告，更向农夫百姓发出动员号召：

成王啊，召集大家相聚于此。
目的是要带领大家播种百谷。
时不我待，尽快挥动你们的农具，耕耘这广袤的田地。
大家要齐心协力，相互配合，两人一组并耜而耕。

君王在上，代表天命。一句句掷地有声的号令，如同一阵阵气势宏伟的春雷，激发着种子破土而出的力量，鼓舞着百姓奋力劳作的热情，也预示着春天里这片广袤大地即将展现的蓬勃景象。

这位在田间带头春耕的君王，就是周成王，即讨伐商纣王、开创周王朝的周武王之子。在他继位之初，年纪尚幼，国家政权便由皇叔周公旦统摄。周公旦是大贤，有圣德，不仅辅佐武王伐纣有功，而且在摄政期间还平定了动乱。更重要的是，他主持改革完善国家制度，将政治和伦理融合在一起，形成了宗法制度，为周代的百年稳定乃至中华文化的千年延续奠定了坚实的制度基础。

对于自己的侄儿，周公旦寄予厚望，要求严格。他时常对成王耳提面命，教诲提醒身为一国之君应遵循的准则和底线。例如，他告诫成王不能贪图安逸，要先知道农民百姓生活的艰辛不易，尤其是在农业劳作上的艰难困苦。这样，在自己将要安逸的时候，才能理解农民百姓的苦衷和他们的期望与寄托。（《尚书·无逸》）

在周公旦的指导和训诫下，成王渐渐地成长成熟，也逐步掌握了安邦治国的要义，了解了国计民生的关键，并开始躬身实践，治国养民。农为国本，食为民天。这次亲自参加春耕，做出表率，就反映出周成王在政治上走向了成熟，也说明他俨然已经蜕变成为一位贤明君主。

在农田里的周成王，想必是心怀敬畏的——敬畏天道的无常变幻，敬畏祖先的养民使命，更敬畏民众的协作之力。尤其是在王朝交替的初期，政局未稳、百废待兴、国家前景未知、人心顺逆不定，国君更应该意识到民众的力量是具有决定性意义的治国资源，要以敬待之、亲力聚之。这种意识，反映在农业生产上的典型表现就是国君每年要行"籍田之礼"。"籍"，有"借助"的意思。"籍田"指的就是"借助民力来治理田地"。"籍田之礼"是中国古代非常重要的典礼，体现出君王对农事劳作和农民作用的高度重视。这一传统延续千年，影响深远。

噫嘻，成王！率播百谷！踏在待垦的土地上，听着国君的动员鼓舞，农民应当响应号召，闻令而动：成千上万的人，遍布在农田里，他们两两结对，并肩劳作，操运起农具耒耜，让沉睡的大地觉醒，让微小的种子勃发。这样的场景，即将拉开一个王朝兴盛的帷幕。

历史的长河滚滚向前，在周成王与其子周康王在位的四十多年里，周代社会和谐稳定，民众安居乐业，呈现了西周盛世——史称"成康之治"。

粮言——"内圣外王"是中国古代君王和贤达不懈追求的理想人格典范：内能修己、成己，在道德修养上不断精进；外能率人、为人，在具体功业上有所建树。周成王敬粮养德、劝农兴国，能够兼顾内外两个方面，确属难得。

彼甫田有年

倬彼甫田[1]，岁取十千[2]。
我取其陈[3]，食我农人[4]。自古有年。
今适南亩[5]，或耘或耔[6]。
黍稷薿薿[7]，攸介攸止[8]，烝我髦士[9]。
以我齐明[10]，与我牺羊[11]，以社以方[12]。
我田既臧[13]，农夫之庆。
琴瑟击鼓，以御[14]田祖。
以祈甘雨，以介[15]我稷黍，以穀[16]我士女。
曾孙[17]来止，以其妇子。
馌[18]彼南亩，田畯[19]至喜。
攘[20]其左右，尝其旨[21]否。
禾易[22]长亩，终善且有[23]。
曾孙不怒，农夫克敏。
曾孙之稼[24]，如茨如梁[25]。
曾孙之庾[26]，如坻如京[27]。
乃求千斯仓，乃求万斯箱[28]。
黍稷稻粱，农夫之庆。
报以介福[29]，万寿无疆。

——先秦·佚名《诗经·小雅·甫田》

---

1 倬（zhuō）：广阔。甫：大。 2 十千：形容数量多。 3 陈：陈放、储存。 4 食（sì）：给人吃。 5 适：去，到。 6 耘：锄草。 耔：培土。 7 黍（shǔ）稷（jì）：谷类作物。 薿薿（nǐ）：茂盛的样子。 8 攸（yōu）：乃，就。 介、止：休息。 9 烝：召之前来。 髦（máo）士：英俊人士。 10 齐（zī）明：即粢盛，祭祀用的谷物。 11 牺羊：祭祀用的牛羊。 12 社：祭土地神。 方：祭四方神。 13 臧（zāng）：好，此指丰收。 14 御（yà）：同"迓"，迎接。 田祖：指神农氏。 15 介：助于。 16 穀：养活。 17 曾孙：指周王。 18 馌（yè）：送饭。 19 田畯（jùn）：农官。 20 攘（ràng）：谦让。 21 旨：美味。 22 易：蔓延，指长势茂盛。 23 终：既。 有：富足。 24 稼：种植，此指粮食。 25 茨（cí）：屋盖，形容圆形之谷堆。 梁：桥梁，形容长方形之谷堆。 26 庾（yǔ）：露天粮囤。 27 坻（chí）：水中高地。 京：高丘。 28 箱：车箱，运储粮食用。 29 介福：大福。

"年年有余"，在中国文化中是具有美好寓意的吉祥语，表达了人们对岁月静好、富足有余的美好期盼。

古时生产力有限，生活资料匮乏，人们最质朴的诉求就是能岁岁丰收、家有余粮。古汉字"年"，最初的字义就是"丰收"，它的字形更是直观生动地展现了这一点。甲骨文的"年"字，形状像一个"人"后背上扛着一捆沉甸甸的"禾"，描绘的是谷物成熟、农民丰收的场景。我国最早的字典《说文解字》解释道："年，谷熟也。"因此，"有年"一词在古时指的就是"丰收之年"。

经过君王"籍田之礼"的鼓舞号召，农夫们正鼓足干劲忙碌在农田里。这充满生机活力的场面，最易使人寄予希望而发出感叹：

那广阔的沃土啊，每年都收获千万粮食。
拿出储藏粮，养活我们的农人百姓。自古以来就有丰收的好年景。

在一个如往常般晴朗却又不平凡的日子里，农田繁密的禾苗间出现了特殊的一行人——周王带领王室成员以及官员、随从，来到田间巡视农事，并祭祀神灵，祈求"有年"。这天农田里的热闹场景，清晰地记录在诗句中：

今天周王巡视南边的田地，看到农民有的除草，有的培土，使得黍麦长得都非常茂盛。在这田间驻足休息，周王接见优秀的田官。

贡上五谷美酒，献上祭祀牛羊，祭祀土地和四方神灵。庄稼丰收，天下百姓有福。弹起琴瑟敲起鼓，迎接祭祀农神。祈求天降甘霖，让庄稼长得繁茂，养活我们的子民。

周王偕王妃和王子巡视，把食物送到田间，这景象令田官十分欣喜。周王招呼百官百姓聚拢起来，品尝饭食是否美味。禾苗长势茂盛，叶子密密稠稠。周王喜在心头，没有怒意，农夫勤敏于农耕劳作。

一年之计在于春。周王在春耕的重要节点，身先士卒，亲自督耕，可以看出一国之君对"以农立国"的根本态度。更难得的是，他没有摆出国君至高无上的威严架子，而是展现出平易近人的一面，与田官和农夫们亲切互动：他带领妻儿一同出现在田间，可见其对此行的重视程度；他驻足田间接见田官，与他们热情攀谈；他带去食物犒劳大家，召集众人分享品尝；他虔诚地参加祭祀仪式，敬拜土地神、四方神和农神祈盼丰收；他对百姓和善，希望能够养活子民、福祥安康……在周王实际行动的感召下，农民自然备受鼓舞，变得更加勤敏了。

一年之盼在于秋。每个人都希望春天的故事能够演绎出秋天的精彩。因此，人们真诚地祈祷，将美好的期盼描绘成秋季丰收的画面：

周王收获的粮食，囤积起来像屋顶，像桥梁；周王建造的粮仓，高得像山丘，像城楼。还要再建千座粮仓，再造万辆车厢。

五谷丰登，百姓有福祥。祈求上天赐予福禄，保佑周代万寿无疆！

此后，人们踔厉农耕劳作，静待心目中那黄灿灿的秋天。

粮言

沃野千里，不意味着一定会五谷丰登，有待于万众同心协力去耕耘。芸芸大众，未必会致力于艰辛的农业劳作，需要有贤明的首领来引导。君子厚德载物，百姓自强不息，这是实现农民之庆、万寿无疆的根本。因此，能否"有年"，关键看是否"有人"——聚天下民心。

彼大田多稼

大田多稼，既种既戒[1]，既备乃事[2]。
以我覃[3]耜，俶载[4]南亩。
播厥[5]百谷，既庭且硕[6]，曾孙是若[7]。
既方既皁[8]，既坚既好，不稂不莠[9]。
去其螟螣[10]，及其蟊贼[11]，无害我田稚[12]。
田祖有神，秉畀炎火[13]。
有渰萋萋[14]，兴雨祁祁[15]。
雨我公田，遂及我私[16]。
彼有不获稚，此有不敛穧[17]，
彼有遗秉，此有滞穗[18]，伊寡妇之利[19]。
曾孙来止，以其妇子。
馌彼南亩，田畯至喜。
来方禋祀[20]，以其骍[21]黑，与其黍稷。
以享以祀，以介景福[22]。

——先秦·佚名《诗经·小雅·大田》

---

1 种：指选种籽。 戒：同"械"，此指修理农业器械。 2 乃事：这些事。 3 覃（yǎn）："剡"的假借，锋利。 4 俶（chù）：开始。 载：从事。 5 厥：其。 6 庭：通"挺"，挺拔。 7 若：顺。 8 方：通"房"，指谷粒已生嫩壳，但还没有合满。 皁（zào）：指谷壳已经结成，但还未坚实。 9 稂（láng）：指穗粒空瘪的禾。 莠（yǒu）：田间似禾的杂草。 10 螟（míng）：食禾心的害虫。 螣（tè）：食叶的害虫，即蝗虫。 11 蟊（máo）：吃禾根的虫。 贼：吃禾节的虫。 12 稚：低小的穗。 13 秉：执持。 畀（bì）：给予。 炎火：大火。 14 渰（yǎn）：阴云密布的样子。 萋萋：茂盛的样子。 15 祁祁：形容雨露绵密的样子。 16 遂：遍。 17 敛：收起。 穧（jì）：已割而未收的禾把。 18 滞（zhì）：遗留。 19 伊：是。 20 方：正在。 禋（yīn）祀（sì）：古代祭天的典礼，也泛指祭祀。 21 骍（xīn）：红色的牛。 22 介："丐"的假借，祈求。 景福：大福。

终于到了秋天，果真是个收获的季节！场景仿佛是半年前的重现：

周王又一次携王妃和王子来到田间巡视，同样也带来了食物。而那指挥调度农耕的田官，还是那么欣喜。

这次大家显然更加高兴，因为春天祭祀大典的祈愿成真了：无疑，今年赶上了"有年"。丰收的心情，是喜悦、兴奋和激动的，导致大家在收获和囤积粮食的时候甚至有些忙乱：

那里有一块块还未收割的青禾，这里有一捆捆还没扎起的谷草。
那里有一把把遗落的禾束，这里有一个个散落的禾穗。

对于秋收的成果，这首诗并没有直接描绘成"堆积得像山"，而是侧面写人们在收获中那些草草未完成的事。如果不是大丰收、大忙碌，惜粮如金的劳动者又何以出现这种"粗心"和"失误"？那么，这样的"残局"该如何收拾？

都留给孤家和妇人拾遗吧。

繁重的农活平时多由青壮男子负责，孤家和妇女较少参与。在丰收忙碌的时候，由孤家和妇女去拾起那遗失散落在地上的谷穗，既可以做些补充性的农活，还可以增加一些额外的粮食，所以说是"伊寡妇之利"的事情。另外，这个细节也体现了人们扶弱帮困的美德。

在品尝收获滋味之余，人们想起了这半年辛勤耕作中的甘苦：

大田要种很多庄稼，选好种子，修好农具，开展农耕的准备都已妥当。
扛起锐利的耜，开始下地劳动。播种下的各种谷物，挺直又健壮。这样的场景，周王看了会称心如意。
禾苗抽穗结籽打苞，籽粒坚硬又饱满，地里没有空瘪的禾和无用的草。

要消灭掉那些害虫，不要损伤幼苗。请农神显神威，让害虫投入烈火中。

面对广袤待垦的"大田"，大家坦然，有底气。"既备乃事"的一个"既"字，说明农夫有条不紊、干练利索地选好良种，修好农具，万事俱备，整装待发。此后，在比较漫长的时间里，他们用农具"覃耜"来翻土，播种下精挑细选的种子，时常清除田间的杂草，在夜间设火堆扑灭虫害……在人们精心耐心的照料打理下，种子顺利破土发芽，禾苗如期抽穗打苞，籽粒逐渐坚硬满实，大家的付出得到了回报，也正如周王所愿。

农业劳作是极其艰辛的，农民长时间在田间地头与土壤、杂草、害虫博弈，更要忍受烈日的灼烤。身体上的劳苦是其次，最让他们焦急的是，何时能盼来一场甘霖，让庄稼湿润、油亮、鲜活起来？天公作美，诗中便有下雨的记录：

空中阴云密布，细雨绵绵不断，洒落到国家公有土地，也滋润了百姓的私田。

细雨无意，落地有情。那时的农田分界像"井"，土地制度实行"井田制"，即井田共分九个区，中间一区为公田，周围八区为私田。八家共同耕种公田，收获归公。当农田被蒙蒙细雨笼罩滋润的时候，如同浩渺的烟波，一望无际。天地大德，雨露均沾。无论公田还是私田，庄稼都得到了浇灌，补充了生长之源。

由回想过往，再来到现实。丰收后的人们，心中充满了对神灵的感恩与敬畏。于是，众人聚集，举行盛大仪式：

祭祀大典开始，虔诚献上红牛、黑猪和五谷。
请神灵享用，保佑今后无穷幸福！

粮言——

从春种到秋收,是自然规律所致。能否实现丰收,倒取决于人们是否精诚。稳妥准备每一项工作,认真对待每一粒种子,诚恳挥洒每一滴汗水,共同呵护好大家的劳动成果,这样的诚意与务实,才能感动上苍、惠泽自己。

良耜载南亩

畟畟[1]良耜,俶载南亩。
播厥百谷,实函斯活[2]。
或来瞻女,载筐及筥[3],其饟伊黍[4]。
其笠伊纠[5],其镈斯赵[6],以薅荼蓼[7]。
荼蓼朽止[8],黍稷茂止。
获之挃挃[9],积之栗栗[10]。
其崇如墉[11],其比如栉[12]。
以开百室,百室盈止,妇子宁止。
杀时犉牡[13],有捄[14]其角。
以似[15]以续,续古之人。

——先秦·佚名《诗经·周颂·良耜》

---

1 畟(cè)畟:形容耒耜的锋刃快速入土的样子。 2 实:百谷的种子。 函:含有。 活:生机活力。 3 载:背着。 筐、筥(jǔ):两种竹制盛物器皿,筐为方形,筥为圆形。 4 饟(xiǎng):同"饷",指送来饭食。 伊:是。 黍:黄米。 5 纠:指用草绳编织而成。 6 镈(bó):古代锄田去草的农具。 赵:锋利。 7 薅(hāo):去掉田中杂草。 荼蓼(tú liǎo):两种野草名。 8 止:语助词。 9 挃(zhì)挃:收割的声音。 10 栗栗:形容收割的庄稼众多。 11 崇:高。 墉(yōng):高高的城墙。 12 比:排列。 栉(zhì):梳子。 13 犉(chún):黄毛黑唇的牛。 14 捄(qiú):形容牛角很长。 15 似:同"嗣",继续。

圣人开启了民智，因此为"圣"。

追溯神农"因天之时，分地之利，制耒耜，教民农作"（《白虎通·号》），后稷"教民稼穑，树艺五谷，五谷熟而民人育"（《孟子·滕文公章句上》）……先祖圣人们仰观天象，俯察地况，培养嘉种，发明农具，还摸索出农耕方法。民众在他们的带领下，摆脱了仅凭采集狩猎充饥的不稳定生活，跨入了有劳有得、多劳多得的农业社会——这是人类文明的大变革。

新的生活方式，使人们不必东奔西走、探索冒险，而是可以安稳下来，有条不紊地生活。"春耕、夏耘、秋收、冬藏四者不失时，故五谷不绝，而百姓有余食也"（《荀子·王制》），人们的生活从此有期许、有计划、有方法、有收获。岁月不居，年复一年。当忙碌充实的一年接近尾声，满载而归的人们喜笑颜开，一腔感恩之情便自然又真诚地流露出来，成为祭祀仪式上动听的颂歌：

锋利的耒耜深入土里，开始在南亩耕田。
播撒百谷种子，粒粒孕育富生机。
有人来看望你们耕田，挑着方筐和圆篓，里面装的是黄米饭。
戴的是手编的草斗笠，除草的锄头很锋利，把那荼蓼杂草铲除。
杂草腐烂，庄稼茂密。

这是春耕夏耘的场景。先祖发明的农具，嚓嚓入土，唤醒了沉睡一个冬季的农田。利用锋利的耜刃，人们把生硬板结的土壤翻得松软、易于播种。然后将蕴含生命力的粮食种子埋藏于其中，使其尽情吸收大地的能量，扎根、发芽、生长。辛勤劳作的农民，无暇回家吃饭和休息。于是他们的家人便做好热乎乎的黄米饭，放在方筐圆篓中肩挑背扛送到农田里。人们在田间地头一边小憩，一边吃饭，眼睛望着田垄里整齐的禾苗以及杂乱的野草，心里盘算着尽快把那些不利于庄稼生长的野草除掉。

烈日当空，餐食已尽，劳作还要继续。农民起身戴上用草绳编织的斗笠，拿起锄头把荼、蓼等野草统统清理掉。等到它们腐烂了，兴许还能变成滋养土地的肥料。这样的日子简单又辛劳，充满了期待。终于，在一阵秋风过后，人们迎来了丰收的季节。

> 收割的声音嚯嚯作响，堆积的粮食高高耸起。
> 它们高得像城墙，密布得像梳齿。
> 打开粮仓，各个都装满，妇女孩子可以安宁。

秋收的时候，热闹又忙碌。镰刀嚯嚯收割，铿锵有力，仿佛为人们吹响了胜利的号角。一年来，人们为痛快地收割这一扎扎谷穗而坚韧努力，战胜了无法预料的自然困难，克服了难以忍受的身心疲劳。此时他们爽利的收割动作，是期待已久的欣慰，也是积压颇深的宣泄。

无论如何，过去的付出换来今天的收获，这是最令人欣喜的结果。农田与场圃之间，人头攒动，热火朝天。人们浑身干劲儿、齐心协力地搬运着来之不易的粮食。当劳动成果堆积起来的时候，人们眼里充满了自豪感。这些杰作，像耸立的城墙，把饥饿与温饱截然隔开，保卫着大家的生命安全；又像是细密的梳齿，把土地梳理得井井有条，让人们生活得踏实有序。在对谷穗进行初步加工后，人们打开粮仓，把谷粒储存起来。想到未来一段时间里生活有了一定物质保障，妇女和孩子能够安宁度日，大家应当感到十分满足和喜悦。这大概就是"好"字最质朴的诠释。

在欢欣鼓舞之余，人们最想表达的就是对先祖圣人的感恩。如果没有他们的贡献，人们还要与饥寒的生活做长久的缠斗，生活哪里还会呈现出如今明朗的图景？于是，在一个良辰吉日里，人们虔诚地举行了一场隆重的祭祀仪式。

> 杀头黑唇大黄牛作为祭品，它的牛角又长又弯。
> 祭祀活动连续不断，继承先祖的礼仪。

"仓廪实，则知礼节。"（《管子·牧民》）在粮食丰收之后，专门用贵重的祭品向先祖圣人答谢报恩，这是人们道德上的开化，也是人类文明的又一层进步——与农耕文化相辅相成。

粮言

耕地的良耜是先人遗留的农具,农作的良方是先人传授的秘诀,而感恩的良心却是后人由内而生、薪火相传的文明之光。重视粮食的意义,不仅在于确保人们的生计,更在于激发人性的美好。

吟诗诵粮

九谷斯丰茂

黮黮[1]重云，习习[2]和风。
黍华[3]陵巅，麦秀丘中。
靡[4]田不播，九谷斯丰。
奕奕玄霄[5]，濛濛甘溜[6]。
黍发稠华，禾挺其秀。
靡田不殖，九谷斯茂。
无高不播，无下不植。
芒芒其稼[7]，参参其穑[8]。
蓄我王委[9]，充我民食。
玉烛阳明，显猷翼翼[10]。

——西晋·束晳《华黍》

---

1 黮（dàn）：云黑色。 2 习习：形容微风吹动。 3 华：同"花"，指粮食作物抽穗开花。后文"秀"与"华"同义。 4 靡：没有。 5 奕奕：形容神采焕发的样子。 玄霄：乌云。 6 濛濛：形容水气绵细密布的样子。 甘溜：好雨。 7 芒芒：广大辽阔。 稼（jià）：种植。 8 参（sān）参：长貌。 穑（sè）：收割。 9 王委：指国家事务。 10 猷（yóu）：指王道。 翼翼：茂盛众多的样子。

"德惟善政，政在养民。"（《尚书·大禹谟》）

自古圣人的治国之道，是敬天保民，让百姓生活富足安定。而粮食是"民之天"，理所当然地成为圣人为政的重中之重。西晋文学家束皙在《华黍》一诗中就讴歌了君王重粮养民的美德，也表达了对安稳祥和社会的向往。

《华黍》虽是束皙创作的古诗，但其名由来已久，这要追溯到《诗经》。《诗经》作为我国最早的诗歌总集，收录了西周初年至春秋中叶的共311篇诗歌，其中有6篇只留标题却没有内容。究其原因，后人认为这些诗原本就"无辞"，南宋朱熹在《诗集传》中称其为"笙诗"，即乡饮酒燕礼时用笙（一种古乐器）演奏的曲谱。还有可能是因为"亡佚"，即在流传过程中散失消亡了。此后束皙按照原诗题目对六首诗进行了补写，形成《补亡诗》六首。《华黍》就是其中之一。

束皙所处的西晋时代，系三国鼎立之后短暂的安定统一时期。这时国家在政治文化制度上趋向复古，以恢复古制为尚。束皙在《补亡诗·序》中提到，因为他参加乡饮之礼时所咏之诗"有义无辞，音乐取节，阙而不备"，于是模仿《诗经》的诗歌风格，"遥想既往，存思在昔，补著其文，以缀旧制"。六首《补亡诗》是他在文学上为恢复古礼而作的尝试。

《毛诗序》认为《诗经·华黍》原来的主旨是"时和岁丰，宜黍稷也"。束皙沿着这个主旨方向，"遥想"当时情形，"存思"当时感受，创作了符合题意的诗歌：

乌云厚重，微风吹动。黍子在山巅抽穗，麦子在山中开花。
农田都播种了，九谷长得丰茂。
乌云涌动，细雨连绵。黍子茂盛生长，禾苗挺拔兴荣。
农田都播种了，九谷长得丰茂。
无论山的高处还是低处，都种植满了庄稼，广阔无边，长长远远。
这些粮食成为国家储备的物资，也为民众提供了充足的食物。
君王的心像玉烛一样明亮，他显著的治国之道兴盛广大。

这是诗人想象中的景象，也是他所期盼的景象。在这个美好的世界里，风调雨顺，气候宜农。人们掌握了农耕技术，懂得"高田宜黍稷，下田宜稻麦"（东汉·郑玄）。合宜天时地利又辛勤不辍的劳作，使得广袤的农田里长满了繁茂的庄稼。眼前一派生机，意味着国家的仓廪将满实丰盈，民众的生活将富足安乐。这要归功于君王光明的仁心和宏大的仁政。

"仁者，爱人"（《孟子·离娄下》），君王的仁政就是关爱民众的政治，能够了解民情所需，把握民心所向，为民众创造福祉。在传统农业社会中民众的福祉依赖于粮食，"粟也者，民之所归也；粟也者，财之所归也；粟也者，地之所归也；粟多则天下之物尽至矣"（《管子·治国》），因此，农业问题就是最大的民生问题。贤明的君王，能够清醒地认识到这一点，秉承上天赐予的"养民"使命，高度重视农业生产，广泛发动民众从事劳动，力求做到"人无遗力，地无遗利，一手一足无不耕；一分一亩无不稼，谷出多而民用富"（《李觏集·周礼致太平论》）。显然，从束皙的诗句"无高不播，无下不植"中可看出，他所歌颂的君王已经实施了仁政，还取得了成效。

这位君王是谁？诗中没有明确指出。想必他是古代"内圣外王"人格的化身，内在品性富有圣德，外在言行遵循王道。这种君王形象，已经融入中华文化的基因之中，代代相传。《华黍》这首崇尚复古的补亡诗，侧面展现出君王的风采。束皙通过"补亡"，不仅补缀亡失的诗句，更在补缀亡失的仁政；他的"复古"，既要恢复古时朴直的文风，又要恢复古时纯良的政风。经历过诸路乱斗、三国纷争的动荡期，这种"补亡"和"复古"是一种理想的重塑与精神的回归，格外具有现实意义。

"明主配天地者也，教民以时，劝之以耕织，以厚民养。"（《管子·形势解》）贤明君王德才配位，于是在其治下百姓安乐、九谷丰茂。

粮言——只有重视民意,广施善政,社会才能和谐;只有重视耕耘,悉心照料,粮食才能丰收。时和岁丰的局面,不能依赖上天的赐予,而是要顺天之道,精诚努力,齐心共创。

吟诗诵粮

八政始于食

悠悠上古，厥初生民[1]。傲然自足，抱朴含真[2]。
智巧既萌[3]，资待靡因[4]。谁其赡之，实赖哲人。
哲人伊何？时维后稷。赡之伊何？实曰播殖。
舜既躬耕，禹亦稼穑。远若周典，八政始食[5]。
熙熙令德[6]，猗猗原陆[7]。卉木繁荣，和风清穆。
纷纷士女，趋时竞逐[8]。桑妇宵兴，农夫野宿。
气节易过，和泽难久。冀缺携俪[9]，沮溺结耦[10]。
相彼贤达，犹勤陇亩。矧兹众庶[11]，曳裾拱手[12]！
民生在勤，勤则不匮。宴安[13]自逸，岁暮奚冀！
儋石不储，饥寒交至。顾尔俦列[14]，能不怀愧！
孔耽道德，樊须是鄙。董乐琴书，田园不履。
若能超然，投迹高轨[15]，敢不敛衽[16]，敬赞德美。

——东晋·陶渊明《劝农》

---

1 **厥初**：最初。 **生民**：生养人民。"厥初生民"取自《诗经·大雅·生民》中"厥初生民，实维姜嫄"一句。 2 **抱朴**：襟怀朴素。 **含真**：秉性真挚。 3 **智巧**：机谋与巧诈。《老子》第十八章："智慧出，有大伪。" 4 **资待**：供给需求赖的生活资料。 **靡**(mǐ)**因**：无来由，即没有生活来源，没有依靠。 5 **八政始食**：《周书·洪范》中有"八政：一曰食，二曰货，三曰祀，四曰司空，五曰司徒，六曰司寇，七曰宾，八曰师"。"食"列第一，故曰"始食"，以食开始。 6 **熙熙**：和乐的样子。 **令德**：美德。 7 **猗**(yī)**猗**：指禾苗茂盛的样子。 **原陆**：高而平之地，田野。 8 **趋时**：指抢赶农时。 **竞逐**：追赶。 9 **冀缺**：春秋时晋国贵族。 **携俪**：事见《左传·僖公三十三年》，冀缺在田里锄草，妻子给他送饭，夫妻相待如宾。 **俪**：配偶。 10 **沮溺**：长沮、桀溺，春秋时的两位隐士，他们结伴并耕。 **耦**(ǒu)：两个人在一起耕地。《论语·微子》："长沮、桀溺耦而耕。" **结耦**：合作耕种。 11 **矧**(shěn)：何况。 **伊**：此，这些。 **众庶**：一般百姓。 12 **曳**(yè)：拖，拉。 **裾**(jū)：衣服的大襟。 **拱手**：将双手放在袖子里，形容人们懒惰、闲散的样子。 13 **宴**：安闲，安逸。 14 **俦列**：同一类人。 15 **高轨**：崇高的道路，指行事与道德。 16 **敛**(liǎn)**衽**(rèn)：整理衣袖，表示恭敬。

不为五斗米折腰的陶渊明，自隐居之后，终究要直面"斗米"的问题。

作为中华文化中最有代表性的归隐者，他能够对权贵嗤之以鼻，能够对世俗超脱而观，能够对孤独怡然自乐，能够对清苦淡然处之。然而对于粮食，他却展现出空前的重视——他摒弃的是用尊严换来的嗟来之食，认可的是凭勤恳获得的劳动成果。

即便在"独善其身"的处境中，陶渊明也有"兼济天下"的自觉。他那颗恬淡的心，迸发强烈的热情，吟出一首音律齐整、言简意深的四言诗《劝农》。诗中，陶渊明引经据典，谈古论今，劝人重视农业，诫己认真劳动。这是他用自己擅长的文学方式为世人做出的表率，也是向社会倡导的风尚。

在陶渊明的笔下，远古先民性情本真，能够自给自足，但是后来变得"聪慧"，学会了算计个人得失，抑或奢侈浪费，导致物资匮乏。这时，就需要领袖来团结和引导人们，带领大家回归本务，发展农业，走上正途：

远古先民逍遥自在，自力更生能知足，秉性朴素真诚。
狡诈奸巧的想法一旦萌生，就会造成衣食乏匮，生活没有依靠。
谁能解决困难，让大家生活富裕？要靠贤达哲人的带领。

后稷是农业先驱，远古君王舜和禹更是率先垂范，亲自农耕，使从事农业生产成为立国之本、安民之基。《尚书·周书》就把农业生产作为国家政治之首：

贤达哲人是谁呢？是后稷。后稷如何使民富裕？教人种粮。
舜帝亲自耕垄亩，大禹也曾从事农作劳动。
周代典籍早里就有记载，"八政"中，"食"排在第一。

农业的发展，须举国上下共同努力。和美的生活，要靠艰辛的付出来创造。陶渊明在营造美好生活的同时，也描绘了普通民众辛勤耕耘的场景：

人们生活和乐，涵养美德，粮田郁郁葱葱。
草木茂盛，习习清风，温和平静。
人们抢抓农时，争先恐后。
养蚕的农妇半夜作，耕田的农夫留宿在田地中。

当然，农业劳作不仅是农民的义务，贤达之士也不应该袖手旁观，更需要有强烈的紧迫感、责任感：

时令节气转换快，和风细雨难持久。
春秋时的晋国贵族冀缺夫妇携手劳作，长沮和桀溺两位隐者结伴农耕。
看看这些在田间辛勤耕耘的贤达，我辈怎能缩手入袖中？
人生要勤奋，勤奋才能使衣食不乏匮。贪图享乐安逸，年末生计艰难。
家中不储备粮食，早晚会饥寒交迫。有身边的辛勤者，内心怎能不感到羞愧！

然而总有一些清高的人，会以不务农事的孔子和董仲舒作为托词，此时陶渊明反驳道：

孔子致力于仁德，对弟子樊须询问耕田一事感到不悦。
董仲舒喜好琴书，三年不踏进田园。
假如有能超然得像伟人般具备崇高德行的人，那我会整理衣襟，恭敬称赞。

在陶渊明眼中，如果达不到孔子的至圣地位、不具备董仲舒的雄才大略，谁都没有资格远离农田、轻视粮食，忽略生存的根本。
这是一位归隐者清醒而深刻的忠告。

粮言

治国大业，民生为本。政事八项，农业为先。超然世外不意味着清高虚渺、违反常识，生活的本质终究要回归本分和务实。中国贤达要在『修己身』和『平天下』之间找到平衡，因此既要欣赏天上的星辰，也要珍惜地里的种子。

候时勤稼穑

帝德方多泽,莓莓¹井径同。
八方甘雨布,四远报年丰。
廒庾²千厢在,幽流万壑通。
候时勤稼穑,击壤³乐农功。
畎亩人无惰,田庐岁不空。
何须忧伏腊⁴,千载贺尧风⁵。

——唐·薛存诚《膏泽多丰年》

1 莓莓:草茂盛的样子。　2 廒庾:即"敖庾",秦代所建仓名,在河南省郑州市西北邙山上。泛指粮仓。　3 击壤:取自远古先民歌谣《击壤歌》,咏赞美好农耕生活。　4 伏腊:古代两种祭祀的名称。"伏"在夏季伏日,"腊"在农历腊月。此处指一年生活所需的物质资料。　5 尧风:帝尧的风尚。《尚书·尧典》记载,尧命令羲氏、和氏根据日月星辰的运行情况制定历法,然后颁布天下,使农业生产有所依循,"敬授人时"。因此,古人将尧的时代视为农耕文化出现飞跃进步的时代。

平凡，有多可贵？也许只有经历过大磨难才能深刻体会。

远古先民的歌谣《击壤歌》，描绘了一种极致平凡的生活："日出而作，日入而息。凿井而饮，耕田而食。帝力于我何有哉！"人们按照自然规律作息，简单生活，劳动自足，无波无澜，单纯又快乐。这种生活，不需要外力来影响干涉。因此，人们带着质朴和自豪的语气反问道："帝力于我何有哉！"——即便是君王的权力，对我又有什么用处呢？

单纯、朴拙的原始生活，终究被繁复的文明社会所替代，这当然是人类的进步，但也未必能使人们过得更幸福。受政治、经济、阶级、民族等多重因素的交错影响，唐代爆发了影响巨大的"安史之乱"，这是唐代由盛而衰的转折点。国力骤衰，民生凋敝，处于水深火热的人们该有多么怀念和向往那遥远的平凡日子！绚烂至极，归于平淡；罹难之后，渴望平凡。

当大唐王朝熬过了动乱的坎坷，终于可以稍稍喘息的时候，朝野上下拖着疲惫的身躯开始反思该如何实现国泰民安的理想。切身经历过乱世绝境的唐代宗、唐德宗两代君王，励精图治、奋发图强，努力寻求王朝复兴之路。面对父皇唐代宗未竟的事业，唐德宗接住了薪火，个人作风上节衣缩食、低调简朴，治国政策上重用贤臣、疏远宦官，尤其重要的是他支持杨炎等改革派官员推行两税法改革，对恢复经济发展、改善人民生活起到了关键作用。他的一番作为让国运衰靡的大唐王朝开始慢慢抬起头来，走出阴影。

迎着这一线光亮，一位富有才情的文人走上了仕途。薛存诚在唐德宗"贞元"元年考取了进士，在唐宪宗"元和"年间当上了御史中丞，随后遗憾地暴卒离世。《旧唐书》中有他的传记，概述了他的为人处事。据记载，薛存诚性情平易温和，对人和善包容；为官处世，能明辨是非，刚正公平。当朝皇帝认为他在司法领域不可取代，士人和朋友也都非常敬重他。

这样一位在司法战线任官多年、办案无数的贤臣，见过了太多狡诈、奸邪之人，遇到了太多邪恶、无理之事，如今国家不能再承受这些人和这些事的扰乱了，他定然希望人性能再淳朴、简单一些，生活能再真诚、自然一些，大家的目标能再聚焦、纯粹一些。于是，在一个脱离庙堂卷宗、直面广阔田野的时刻，他留下了这样的诗句：

受到君王美德的惠泽，田间庄稼井然有序，茂盛肥美。
山河八面甘雨密布，神州四方丰收的喜讯频报。
粮仓里储存了满满的粮食，河流、大路，交运畅通。
把握住天机农时，勤恳投身农事，庆贺农耕劳作的功劳。
只要在田间人们不懒惰，那么农舍里就不会亏空。
人们不用为生计而担心，因为千百年来传承践行了古代帝王的良训。

他感怀于国君能够施行德政，致力于恢复民生经济，得道多助，上天也眷顾，眼前的粮田井然丰茂，绵绵细雨浇灌出丰年的喜报。他感慨于大唐王朝终于逐渐有了回归正轨、走向中兴的希望，那充盈粮仓里的粮食，将通过大小河流、纵横运道，流转送达到千家万户。他感恩于远古帝王初创农具、教民稼穑、劝农耕作的功劳，他们的谆谆教诲已经流传千年，融入华夏民族的文化基因当中。他感动于人们又过上了顺天时、因地势、凭己力的日子，这是一种辛勤耕耘、满足需求、创造财富的平凡生活，一种顺其自然、味寡却醇、历久恒乐的理想生活。

这样的生活啊，既简单，又难得！

粮言——膏泽多丰年，候时勤稼穑。「膏泽」，是天上的及时雨，又是国家的惠民策，哪里有膏泽，哪里就容易丰收。「候时」，候的是自然农时，更要候太平盛世，人们要勤于劳作，前提是必须有合适的机会。

黍稷有丰期

风云喜际会,雷雨遂流滋。
荐币[1]虚陈礼,动天实精思。
渐侵[2]九夏[3]节,复在三春[4]时。
霢霂[5]垂朱阙[6],飘飖[7]入绿墀[8]。
郊坰[9]既沾足,黍稷有丰期。
百辟[10]同康乐,万方佇雍熙[11]。

——唐·李昂《暮春喜雨诗》

1 **荐币**:泛指进献的礼品。 2 **渐侵**:浸润。 3 **九夏**:夏季九十日。 4 **三春**:夏历正月为孟春,二月为仲春,三月为季春,合称"三春"。指整个春季。 5 **霢霂**(mò mù):小雨。 6 **阙**(què):古代帝王在宫廷大门之外建两个对称的台子。 7 **飖**(yáo):随风摇动。 8 **墀**(chí):台阶上的空地。 9 **郊坰**(jiōng):泛指郊外。 10 **百辟**:诸侯、百官。 11 **雍熙**:和谐、吉祥。

"天地相合，以降甘露。"(《道德经·第三十二章》)

古人认为"甘露"是大自然的精华，是太平盛世的瑞兆。然而，公元835年的甘露，却加快了唐代走向灭亡。

"安史之乱"以后，唐代元气大伤，官员朋党相互倾轧，宦官的权力逐渐强盛。唐文宗李昂不甘被宦官控制，与朝臣李训、郑注等策划引诱宦官参观"甘露"、共赏祥瑞，企图借机将他们一举消灭。但事情败露，反而导致宦官大肆屠杀朝官。经此"甘露之变"，唐代再无复兴的可能。

唐文宗李昂是一位有抱负的君王，在位期间励精图治，去奢从俭，勤于政务，期望能扭转唐代颓势。但他在诡谲险恶的朝政斗争中，没有多少施展空间，既受制于宦官，又受制于朋党，还受制于藩镇。"甘露之变"发生之后的第五年，李昂抑郁病死，彼时他刚过而立之年。

甘露，并没有为大唐国运带来福分，这是李昂的遗憾。不过，他却经历了一场酣畅的甘霖，飘洒在皇宫，浸润了农田，给人们带来丰收的希望。同样是自然之水，这场甘霖更有积极意义。身处枷锁之中亟需心灵慰藉的李昂，被扑簌簌的雨水所激发，用诗句抒发了内心的感受：

欣喜于风云交会在一起，雷雨便洒下滋润田地。
祭品都是形式上的陈设，真正感动上天的还是人们精诚的思念。
雨水浸润了整个夏季，又在来年的春天降临。
细雨随风飘摇洒落在皇宫的朱阙、绿墀，又充沛地滋润郊野。
这样粮食就有了丰收的希望。
百官一同喜乐，天下一派祥和。

熬过了干燥的寒冬，这个春天的甘霖适时而来，雨量充足。深居皇宫之中的李昂，看到朱阙、绿墀被雨水淋湿，又想象到城外郊野那一片片在连绵细雨中泛出油光的农田，心中多了一份踏实和欣慰：自己虽然不幸陷入政治旋涡难以摆脱，但是天公作美、普降甘霖，黍稷迎来丰收的希望。粮食有了保障，人民就能稳定，国家终不会大乱。这应该感谢上天的恩赐，于是人们举办祭礼，献上祭品，向天敬拜致谢。不过，贵为一国之君的李昂内心清楚，再贵重的祭品也只是摆设而已，祭天最重要的是心诚——诚心期盼国泰民安,并为此付诸努力。

  古人认为,君王的权力是上天授予的,上天视君王的德行而决定君权国运的归属和走向,而君王德行的主要评价标准就是对民的态度。这是传统天命观和民本思想的基本逻辑,也是李昂在动荡漂泊中能够让内心稳定下来的船锚。他感恩上天的赐福,更重视"精思"的作用;他与官宦博弈缠斗,更倾心于暮春"喜雨";他感受宫殿内的湿润,更牵挂田野上的"沾足";他努力在政治上破困局,更期盼粮食能"有丰期";他在奉天承运秉持王权的同时,更看重为"百辟"和"万方"谋求康乐盛世的现实作为。唐文宗的功绩不多,也终未实现复兴唐代的宏志。但从这首由他创作的诗歌可见,他确实是一位爱民、重农、务实的贤君,这腔为国为民的热情也像春雨一般润物细无声、惠泽千百年。

  后世文坛不乏喜雨题材的诗歌,更不乏君王得意抒怀之作。然而,像李昂这样在困厄之境仍能欣然吟咏的作者,像《暮春喜雨诗》这样直接反映君王心系民众福祉、寄情社稷安危的作品,始终具有鲜明的代表性和旺盛的生命力。

  "诗言志,歌永言"(《尚书·舜典》),李昂种下的文化黍稷,会有丰期。

粮言 —— 好雨知时节,合人意,也验君德。古时如果天旱无雨,人们便认为是上天的惩罚,君王就要省察自己的品德是否有缺,然后通过修己养德以感动上天,通于神明。当天降甘霖的时候,人们喜的不仅是有农业水源,更喜于有明君圣贤。

粒粟山丘重

片玉一尘轻，粒粟山丘重。
唐虞[1]贵民食，只是勤播种。
前圣后圣同，今人古人共。
一岁如苦饥，金玉何所用。

——唐·聂夷中《古兴》

1 唐虞（yú）：是唐尧与虞舜的并称。中华传说中的圣明君主，远古部落联盟的首领。

对于有思想的人而言，生活的小挫折会令人不断反思，而时代的大动乱则会让人猛然开悟。

聂夷中，唐代末期诗人、官员。他的生平在史籍中没有过多记载，甚至连他的籍贯都有不同的说法。后人只知道，他出身贫寒家庭，生活备尝艰辛，仕途也不顺意，却留下了不少平实又深邃的诗句。

他生活的年代，国君昏庸，政治黑暗，边疆不安，战争不断。人民生活朝不保夕，官民矛盾与日俱增。迫于生计，百姓纷纷揭竿而起，大大小小的农民起义接踵而至，其中就包括在唐代历史上历时最久、范围最大、影响最深远的黄巢起义——掏空了唐代的国力基底。

一位不得志的官员，像一叶扁舟飘摇在动荡时局的风浪里，对上无力尽忠报君，对外无力御敌卫国，对下无力尽职安民。面对满目疮痍、民不聊生的景象，他胸有宏志却无法施展：群起激愤的人们已经不再需要他人的理解和同情，也完全不能依靠温和的方式去安抚宽慰。一国之乱岂是籍籍无名的他所能平定的，高高在上的大唐国君尚在焦头烂额、捉襟见肘。他心生悲悯又无处寄托。

他能做什么呢？作为官员，在这样衰败的政治格局下，他几乎什么也做不了。但作为文人，面对时代的风云际会，他倒是能做一些外人看来不足为道的事情。

笔是最后的归宿，诗是无形的力量。聂夷中凭着文人的敏锐性和官员的责任感，努力思索、探寻着根本性的命题：国家的根基是什么？人民的命脉又系于何处？

美玉像微尘一样轻，粮食却重如山丘。
君王尧、舜关心人民的饮食，勤于农耕。
古时和今代的圣君都要重视粮食，人民也都应致力于农业生产。
如果遇到凶年人们苦于饥饿，那么再多的金玉财富又有何用？

唐代的国运衰退至此，聂夷中也许从农民无奈又愤怒的眼神里和那赢弱瘦削的身躯上，找到了答案。

他的吟咏，褪去了盛唐富丽堂皇、雄伟气魄、极致浪漫的风采，只有浅白的语言、朴素的道理，甚至是基本常识。是啊，国以民为本，民以食为天。没有粮食，人民就要离散；没有人民，国家就要混乱——这就是千百年来的常识。满腹经纶的政治家们，无论是从政治体制、经济结构、军备实力还是其他什么方面溯源究因，归根结底如果一个国家的不安定，最直接、最本质的原因就是人民吃不饱。

中国历史的长河，波涛汹涌，而那些质朴、本分又低调的农民，一旦狂怒起来常常就是翻江倒海最猛烈的力量。公元前1600年，商汤讨伐夏桀时，正义宣言就是"我后不恤我众，舍我穑事"（《尚书·汤誓》）。不让民众安心农耕，就是舍弃了民生根本，也就不配担任一国之君。这样的教训，在历史上比比皆是。因此，没有哪位贤君不高度重视、引以为戒。唐太宗曾说："凡营衣食，以不失时为本，夫不失时者，在人君简静乃可致耳。若兵戈屡动，土木不息，而欲不夺农时，其可得乎！"（《贞观政要·务农第三十》）雄才伟略的太宗皇帝，文治武功大有作为，但在农业生产上却"退一步"，让自己"简静"，不去打扰农民农忙劳作，因为他深知粮食的重要性。遗憾的是，晚唐之君却忘记了先祖先王的教诲，以致使整个王朝成为强弩之末，卷入沉沦的旋涡，可惜可叹可悲！

哀婉之间，聂夷中用诗歌提醒人们，要回归常识，回归根本，认清楚什么是"一尘轻"，什么又是"山丘重"。只是，人们常常被金玉蒙蔽，看不到粒粟的价值。

> **粮言——**
> 只有经历过饥饿，才能更懂得粮食的珍贵。文明社会的发展，让诸如权利、金钱、人际等很多领域都附着上了新的意义，看似高级，实质却很脆弱。一旦遭遇天灾人祸，能稳住基本格局的，还得是那"不起眼"的粮食。

农家真富贵

无边绿锦织云机[1]，
全幅青罗[2]作地衣。
个是[3]农家真富贵，
雪花销尽麦苗肥。

——南宋·杨万里《麦田》

1 锦：彩色有花纹的丝织品。 云机：形状像织锦机的云朵。 2 青罗：青色的丝织物。 3 个是：这是。

"富贵"是什么？也许，满怀希望的人，可以称作"富足"；自食其力的人，才是真的"高贵"。从这个意义上讲，农民，是富贵的群体。

古时部落首领带领子民为求温饱而奔波：神农"以为行虫走兽，难以养民，乃求可食之物，尝百草之实，察酸苦之味，教民食五谷"（《新语·道基》），大禹不仅亲自整治水患，还任命后稷负责管理粮食、教民农业（《史记·夏本纪》）。人们掌握了农耕技术后，过上了比采集狩猎更稳定的生活。此后，由"王"统领的"民"多是以耕地为生的"农"——农耕经济成为国家的根基，农民成为民众的主体。

春秋时期齐国丞相管仲提出士、农、工、商的"四民说"，民众分类管理的政策开始实行。不同群体有利于社会经济的发展，民众的身份差异和职业分工也越来越明显。此后，"士"逐渐成为社会精英阶层，"工"和"商"并未得到更多的重视，然而"农"在国计民生上的支柱作用始终未变，乃至发展成中华文化中源远流长的"重农"传统。在历代君王、官宦、文人中，重视农业、关心农民、情系农村的不乏其人。在浩如烟海的诗文作品中，讴歌农事、体恤农家、向往农田的比比皆是。南宋著名诗人杨万里创作的诗歌《麦田》，就展现出诗人"重农"的思想倾向：

无边的麦田，如同青绿锦绣，仿佛是由云朵织锦机织出的。
一整幅青色丝罗成为大地的衣裳。
这是农家真正的富贵，待到雪花消融以后，麦苗将丰满肥硕。

从诗人对"雪花销尽"的期待中可以推测，诗句描写的应当是南方人民种植冬小麦之后的景象。小麦原本生长在北方旱地，后在东晋南朝时期扩展到江南地区。宋代时期，由于人口大量南迁，北方人食麦的习惯也传到了南方，社会对麦类粮食的需求量空前增加，促使小麦在南方迅猛发展。曾经以种植水稻为主的南方农田里，出现了稻田、麦田两种景观。尤其是冬小麦可以过冬，填补了水稻生长的空档期，保障了农民的总体粮食产量。诗人看到蓝天白云之下那一望无际的绿色麦田，感叹天地造化的神奇：白云随风化形，纵横交错，宛如织锦机上经纬丝线。而广袤的麦田，仿佛就是白云织锦机的杰作——织出了偌大的丝罗锦绣，为大地穿上了青绿衣装。绿色是生命的颜色，积蓄着生机力量。杨万里又想象到冬季之后麦苗会更加茂盛，农民也会有更加喜人的收获，于是发自肺腑地称赞农民才是"真富贵"。

农民才是这幅天地杰作的创作者。他们体察天地变化，顺应自然规律，凭借着经验智慧和勤奋努力安身立命，同时也在编织着锦绣未来。在与土地对话和相处方面，农民是具有高超能力的，即便博学多识的士人君子也不能比拟。荀子就曾说过："相高下，视墝肥，序五种，君子不如农人。"（《荀子·儒效》）更难能可贵的是，农民年复一年地重复劳作，又年年寄予新的希望；虽然受到多重的制约，却能顽强地克服困难、自力更生。农家生活似乎比较平淡，甚至有的还会比较贫苦，但是农民身上展现出来的意志力、创造力、行动力，是价值连城的精神财富，是人们在大自然面前，能够体现出人之所以为人的关键所在。更何况农民还为全社会创造了物质财富，支撑起国家的经济命脉。由此可见，杨万里笔下的农民"真富贵"，具有精神和物质的双重含义。

麦田要抵过寒冷的冬季，才会迎来苗肥叶茂的春天。同样，农民们也要挨过漫长的等待，才能看到愿望成真的景象。最珍贵的事物，没有什么是能够唾手可得、不劳而获的，在这一点上，农民深有感受，也最有发言权。

粮言

有付出才有收获，有作为才有地位。"重农"传统源远流长，与农业生产在国计民生的极端重要性密切相关，更与农民展现出的自强不息、真诚务实的崇高品格紧紧相连。物质财富易生也易耗，而精神财富却能经久不衰、薪火相传。

风染三千顷

一把青秧趁手青[1],
轻烟漠漠雨冥冥[2]。
东风染尽三千顷,
白鹭飞来无处停。

——南宋·虞似良《横溪堂[3]春晓·其一》

1 趁手：随着手。 2 漠漠：弥漫无边的样子。 冥冥：阴暗的样子。 3 横溪堂：诗人住宅的堂号，旧址在今浙江天台山附近。

插秧时节是庄稼萌发生长的季节,也是人们思绪触动、畅想美好的季节。

趁着熹微的晨光,江南水乡的农民们来到农田里,熟练地弯腰插秧。虞似良走出自己的"横溪堂",看着老乡们恬静又忙碌的身影,嗅到了泥土与秧苗糅合的清香。他骋怀吟诗,留住了这个难忘的早晨:

农夫将一把秧苗插入水中,很快青翠一片。
空中轻烟朦胧,细雨漫漫。
和煦的东风,吹绿了无边无际的良田。
白鹭飞来,竟找不到停留驻足之地。

水田是呈暗色调的,青秧是有鲜嫩感的。当农民们将青秧一排排地插入到水田中,原本那一块块灰暗的色板仿佛是被农夫泼洒了碧玉颜料,随即渲染成一片片喜人的绿茵。在官场游走多年的虞似良,对人情往来、察言观色该有一番心得。然而对这自然界的神工鬼斧,似乎有些陌生。他定是被农民的"妙手"震撼到了,心中也开始发芽,感慨眼前萌动的生机。恰好此时,薄雾轻渺、细雨蒙蒙,遮盖了烈日的燥热,为这农忙时节营造了静谧之境。

诗人的心绪一旦悸动,就将开启一个全新的世界。这天早上的美妙画面,久久留在虞似良的脑海里,就像一粒种子埋进了沃土里,静待开花结果。当他研墨提笔的时候,原来的记忆会生长成一个更美好的景象:清晨的轻雾被一阵东风吹散,农田露出了鲜丽的模样;东风所到之处,全被染成了葱绿色;一只白鹭在农田上方盘旋徘徊,只因茂密的禾叶层层叠叠、互相遮盖,竟露不出可供驻足停留的一丁点儿泥土;万绿当中,凸显出一点鲜亮的白。这充满了无限生命力的画面,是虞似良笔下描绘的蓬勃美景,也是他期许的理想之境。

这位才华横溢的诗人,生活在南宋前期。很遗憾,没有多少史料存有关于他生平事迹的记载。他流传于世的诗歌屈指可数,风格倾向于清新自然。另外,相传他家里藏有很多汉代碑刻,他平时细心揣摩,勤于练习,尤其擅长书写古雅端庄的篆书和隶书,颇有艺术造诣。如果说"文如其人""字如其人"说法可信的话,那么从清丽的诗词、朴质的书法来窥探虞似良的性格特质，他大概是心底纯净、心态阳光、心思细腻、心智精透的人。这样的人，与他生逢阴云密布的时代形成了反差。

南宋前期，"靖康之耻"犹未报仇雪恨，凭借更耻辱的"绍兴和议"换得了片刻安宁。在失去北方和中原大片土地之后，南宋的疆域被迫限于秦岭淮河线以南地区，与金国长期对峙。家国仇恨、民族冲突、战争侵扰，让这个时代的人们满腔愤恨、忍辱负重、抑郁沉闷。精忠报国的岳飞，怒目圆睁，顽强抗金，民族气节浩如山河，却惨遭千古奇冤。与岳飞近乎同时代的虞似良，怎能不感到时代的悲哀、民族的悲痛？"岳家军"未能完成的大任，他一介文人如何扛得起！那他就没有救亡使命、对国家无所贡献吗？当然不是，古代儒生文人最不缺乏的就是社会责任感，只是表现的方式与沙场将士不同。虞似良的贡献是，用艺术化的笔调，在人们心中绘就了一幅《希望的田野》。

在暗淡低沉的氛围中，有人还能保持恬淡、乐观，这本身就是一种修为境界。而他还能用"白鹭绿田"的鲜明景象，给人们带去丰收的希望，注入重拾生活信心的精神力量。对于普通百姓来讲，这股精神力量要比实现驱敌、复国、安天下的抱负，更务实、更具体，也更迫切。

那盘桓的白鹭，要到何处驻足？它会不会飞很久很久，飞到绿田变金田的时候。它那洁白的羽毛，在金黄色稻谷的映衬下，会更加鲜丽。

这似乎是虞似良期待的另一幅更美的画面。

> **粮言**——希望的田野，最迷人、最有力。无论经受过什么样的创伤，一旦人们踩在厚实的土地上，仿佛就能恢复元气，生活也就有重新开始的可能。种子、土壤、水源，加上人们的力量和勤奋，未来就能是梦想中的样子。

丰歉由人力

力勤瘠地亦良田，
丰歉由人莫问天，
曝背耘[1]苗能着力，
天公毕竟[2]也相怜。

——南宋·陈宓[3]《安溪劝农诗·劝耘苗》

---

1 曝：在烈日下晒。 耘：除草。　2 毕竟：终归，到底。　3 宓：读作mì。

中国自古以农立国，不仅体现在"重农"的思想意识上，更在于"劝农"的行政措施上。

贤明的君王率先"籍田"亲耕，举行盛大的仪式，目的是"道之以德，齐之以礼"。这种具有很强示范意义的重大活动，表明了国家重视发展农业的态度。君子之德如风，上行必有下效。作为国家行政体系的重要节点，地方官员也肩负着劝农职责，并实施相应的措施。劝农活动逐渐贴近日常，走进基层，成为地方常规性的行政事务。

到了宋代，官员的劝农活动十分普遍。他们向民众传递君王有关农事的诏文内容，还在每年二月或八月种粮时节到乡间广泛动员，鼓励农民劳作。"劝农文"是官员开展劝农活动的重要载体，主要内容是面向农民宣传农业的重要性、动员农民抢抓农时加快生产、推广先进的农业技术等。此外，官员中不乏富有诗情之士，还擅于以"劝农"为题材创作出通俗诗歌，便于农民吟咏传播，起到了普及劝农政策的作用。南宋陈宓便是这样的诗人型官员。

陈宓是南宋著名理学家朱熹的学生，少时习经修身，通晓为人处世大道；后来入仕理政，践行治国平天下的使命。他于嘉定三年（公元1210年）任职安溪县（今属福建省泉州市）县令，爱民勤政，干练务实。《安溪县志》（明代嘉靖版）中就记载了他的很多善行惠政，深为当地百姓所感念。

农业是农村、农民的经济根基。作为地方官员，陈宓自然要履行劝农职责。除了例行公事发布劝农公文之外，他还创作了一系列真挚浅白的劝农诗歌，寓理于诗，以诗助政。他在《安溪劝农诗》中提到，由于地方财政收入不足，没有很多资金借贷给有需求的农民，这使得他感到"汗颜"。因此，他希望"人人知务本""莫忘劝农篇"，能够自立自强发展好农业经济——这是他创作劝农诗的初衷。

一分耕耘，一分收获，农业生产没有捷径可走。尽管粮食是天、地、人的共同结晶，但陈宓认为人们自身的努力尤为重要，激发意识是劝农的核心。他倡议：

如果勤奋用力，贫瘠的土地也会变成良田。
粮食丰收还是歉收，在于人的努力程度，而不需询问上天。
给苗除草时虽然脊背暴晒，但使出的力气有着落。

这样上天终归也会同情怜悯。

种粮活动受到自然条件的极大限制，因此自古人们就敬畏天地，祈盼风调雨顺。然而在现实困难面前，农民们一味地敬拜上天、常常"问天"，终归于事无补。陈宓应该是看到了人们思想上的弊端，于是规劝大家要先勤奋出力才能得到上天的支持，这里体现出他对于天人关系的理性认识。

另外，他还围绕家庭责任、邻里关系、谋生途径等方面，凸显劝农的重要性，也丰富了劝农的内涵。比如，他认为人们要通过勤耕来孝敬父母，否则愧于做人——"父母辛勤养汝身，直须五鼎奉双亲。有田若不勤耕稼，菽水犹亏岂是人"（《安溪劝农诗·劝孝养》）；要停止纷争，多宽容忍让，保证有更多精力来从事生产——"田无所入最为艰，终岁辛勤不得闲。劝尔小争须隐忍，破家只在片时间"（《安溪劝农诗·劝息讼》）；要打开视野，出去开拓荒瘠的土地，而不是只局限在价值很高的良田上——"七闽寸土直钱多，况是泉山价倍高。怪尔小民无别业，如何荒亩长蓬蒿"（《安溪劝农诗·劝耕荒田》）；要多植树，保护生态，做长远打算——"是处荒山欲接天，土膏如面草如毡。及时便种松杉子，远计收功只十年"（《安溪劝农诗·劝种植》）。这一系列的劝农诗，是陈宓在县令任上为民治乡、细心观察的情感抒发与思想结晶，也是古代劝农制度生动的注脚。

这些诗篇会随着农民挥舞的锄头一起，被种进深厚的土壤里，与粮食一起生长出来，在喂饱人们同时，更激励着人们自立自强。

粮言——"劝"是耐心地解释、善意地提醒、明晰地引导、广泛地动员、长久地激励。在悠久的中华农耕文明中，"劝农"的声音一直响彻千里沃野，与麦熟稻香一起抵御人们对饥饿的恐惧。

治乱从此始

古之兵皆农,农富兵亦强。
古之士[1]皆农,农朴士亦良。
兵农一以分,甲胄[2]无余粮。
士农一以分,耒耜[3]无文章。
分之则两伤,合之则一理[4]。
请语当涂人[5],治乱从此始。

——明末清初·刘献廷《怀古》

---

1 士:古时知识分子。 2 甲胄(zhòu):古时战士用的铠甲和头盔,此处指代军队。 3 耒耜:翻土农具,此处指代农耕。 4 一理:相同的道理。 5 当涂人:执政者。

粮食的重要性，体现在被广泛需要上。无论何种阶层与行业，都离不开粮食。

古时人力不足、生产力低，很多事情都由人们共同应对，没有十分明确的职责分工，尤其是涉及农业生产这种关乎生存安危的重大事务，人们更是格外重视，协力共担。即便随着后世的发展，社会出现了不同职业的人群，但国家"农本"的基础没有动摇，全民始终以农为重。贯穿于整个中国古代时期的"兵农合一""士农合一"传统，便是证明。

从兵与农的关系来看，虽然春秋时期管仲首先提出将"农"划分出来作为"四民"之一，然而在谈到军队问题时还是强调要依靠乡里农民，即"卒伍政定于里，军旅政定于郊"（《管子·小匡》）。后来商鞅更是将军事与农业紧密结合，提出"国之所以兴者，农战也"（《商君书·农战》），主张用"重农"来"强军"。先秦时期，"亦兵亦农"是绝大多数民众的状态。人们"三时务农而一时讲武，征则有威，守则有财"（《国语·周语上》），农闲时的军事训练保障了军强国富。在此后的漫长历史进程中，"屯田制""府兵制""保甲制"等"寓兵于农"的政策总体上有力支撑了国家的安全稳定。

至于士与农的关系，同样十分紧密。从管仲的界定来看，"士"是身处安静的环境中（"闲燕"）谈论义、孝、敬、爱、悌等道德义理的知识分子（《管子·小匡》），与"农"有很大区别。并且孔子也将学稼学圃当作"小人"（平民）的事，而不应被"君子"所称道和谋求。这些认知受到阶级和语境等因素影响，有一定历史局限性。但从史实来看，绝大多数中国古代知识分子都过着半耕半读的生活，耕读传家、入仕立身。"耕"是他们的物质基础，"读"是他们的精神追求，两者不可分割。对此，明末清初的学者张履祥在《训子语》中有精辟的阐述："读而废耕，饥寒交至；耕而废读，礼仪遂亡。"就这样，古代文人"亦农亦士"，至少也是"先农后士"。即使做官之后他们也仍旧关心农业。并且，在仕途坎坷之时会归隐农耕生活，甚至甘心一直为农的也不在少数。可见，"士农合一"在古代中国非常普遍。

兵、士、农三者的紧密结合，经过了千百年实践的检验，是利国利民之策，历代国君多会秉承遵守，然而也难免会有违背传统的时候。清代初期的社会尚未稳定，经受战争劫难的农田尽是荒芜，军队在蓄力维稳平乱，忙于政治斗争的官员也无暇顾及农耕。对此，当时的学者刘献廷用诗的方式表达了自己的政见：

自古军人就从事农业生产，农业发展了，军队就强大。
自古士夫也从事农业生产，农耕生活质朴，士夫会变得贤良。
如果军人脱离了农业劳作，那么行军作战就没有粮草。
如果士夫脱离了农业劳作，那么农耕生活就孕育不出文化。
与农业相脱离，对军人和士夫都没好处；紧密联系农业，就印证了一个道理。
恭敬地提醒执政者，治理乱世要从兵、士、农三者合一开始。

无论何时农业都是最不应被忽略的，然而清初的"兵"和"士"都在各务其事，恰恰使"农"在荒废。这不符合自古以来安邦定国的常理，因此诗人是借"怀古"来"谏今"：治乱有道，要先回归到"一理"——重农安国的道理。

也许，"术业有专攻"是社会结构优化、生产效率提升的必然，兵、士、农在具体职责划分上终将越来越清晰，其承担的社会角色会有明显不同。然而，在以农立国的大环境里，每个人都无法斩断与农业的联系，因为这个国家、民族赖以生存的根脉就深植于此。

粮言 —— 重粮祈丰

远古先民『耕田而食』，其子孙后代有的已经离开了农田，不再过着『日出而作，日入而息』的农耕生活。然而经过千年的沉淀，国人文化基因里已经深深镌刻了粮心、农情、乡恋，也许在某次嗅到一缕稻香之后，便会涌上心头。

圣主重民事

圣主重民事，农官占岁祥。
苍龙舒异瑞，朱鸟焕春阳[1]。
南亩青旗灿，东方紫气昌[2]。
民间舒疾苦，天上沛恩光。
雨露沾人普，乾坤福物长。
旋生欢忭色[3]，顿觉耔耘忙。
耕九无他虑，余三有积仓[4]。
闾阎[5]闻舞蹈，俯仰颂虞唐。
百二邦畿重[6]，十千编户强[7]。
绀辕输玉粒，黛耜壮金汤[8]。
督稼资军实，省耕筹岁荒。
鸟含佳种至，云拂野花香。
秀草随时发，嘉禾与日芳。
四郊歌干止[9]，九土荷[10]安康。
草野勤劬[11]笃，仁君爱育彰。
蠲租欣旷典[12]，履亩赋新章。
庆集丹霞迥，风和玉辇翔。
千官罗淑景[13]，多士咏思皇。
秉耒田家子，横经稽古郎[14]。
为传天子意，抒悃矢赓扬[15]。

——清·崔如岳《省[16]耕诗》

---

1 苍龙、朱鸟：与白虎、玄武同为中国古人信奉的四方之神。 **2 青旗**：青色的旗帜，指帝王车驾、师旅。 **紫气**：紫色云气，指帝王、圣贤等出现的祥瑞预兆。 **3 忭（biàn）**：欢喜；快乐。 **4 耕九、余三**：耕作九年，有三年的积余，以备灾荒。《礼记·王制篇》："三年耕必有一年之食，九年耕必有三年之食。" **5 闾（lú）阎（yán）**：古代里巷内外的门，泛指平民百姓。 **6 百二**：以二敌百。比喻山河险固之地。 **邦畿**：古代京城及周围属其管辖的地域，泛指国境疆域。 **7 编户**：指编入户口的平民。 **8 绀（gàn）辕**：红色车辆。 **汤**：汤池，指防守严密的护城河。 **9 干止**：战争止息。干，古代盾牌，指代战争。 **10 荷（hè）**：承蒙。 **11 劬（qú）**：劳苦；勤劳。 **12 蠲（juān）租**：免除租税。 **旷典**：前所未有的典制。 **13 罗**：陈列，此处指铺陈歌咏。 **淑景**：美好的景色。 **14 稽古**：考察古事。 **15 悃（kǔn）**：诚恳，诚挚。 **赓（gēng）**：继续，连续。 **扬**：称颂，传播。 **16 省（xǐng）**：检查。

历来圣明的君主似乎都有一个特点：知行合一。

深知"谷为民命"的道理，所以尧、舜做到了亲自躬耕，后稷做到了教民稼穑，周王做到了南亩籍田……他们都是为君者的典范——有理念、有实践，知必行、行践知。康熙皇帝，作为中国历史上功德最为显赫的帝王之一，当然也是知行合一的圣君。

在一个春种时节，红霞映天，清风气爽，康熙皇帝的玉辇在文武百官的簇拥中，缓缓向农田驶来，以实际行动来诠释圣君重农、爱民。天子赐临、皇恩浩荡，关于当朝皇帝亲自省察农耕的盛况，一位名叫崔如岳的诗人这样写道：

喜庆之事汇聚，天色呈现红色云霞。和睦清风中驶来圣君的玉辇。千官感叹壮美景象，众人赞咏皇上功德。

国君定期省耕，是历来的传统。《孟子·梁惠王下》中有言："春省耕而补不足。"国君的亲自省察，代表着他对农业的重视，更是对农夫百姓们的鼓舞激励。康熙年间，国家的政治、经济、文化、军事等各方面总体兴盛，人民生活比较平稳富足。这与康熙帝知民情、行仁政不无关系。因此，诗人触景生情，围绕"省耕"敞开了心怀，抒发了对康熙帝的赞颂：

圣明的君主重视民生事务，农业官员占卜祈愿年岁大吉。
苍龙送来特殊的祥瑞，朱鸟唤起春意暖阳。
南面青旗灿烂，东风紫气昌隆。
民间疾苦得到纾解，感恩上天普照光芒。
人人能够受雨露滋润，天地万物福气长久。
内心欢喜跳跃，又觉得农耕劳作很忙。
勤于耕作不要忧虑，总有一定积蓄保底。
村巷闻信欢歌乐舞，赞颂远古尧舜功劳。

崔如岳在康熙三十八年中举，是一位很有才气的文人。他用华丽的辞藻艺术化地颂扬了康熙仁政的效果：天地祥瑞，人们欢喜，农耕忙而有得，生活安而无忧。随后，诗人又将视野从农民生活和农业生产转向更大的领域，强调了粮食对于国家军事安全和社会稳定的作用：

城邦厚重坚实，人丁兴旺整装。
红青色的车辕运送着珍贵的粮食，青黑色的耒耜也能起到巩固城池防御的作用。
皇上加强对农耕的监督以增加军备实力，强化生产巡视以防止年岁饥荒。

既然粮食如此重要，那么最应该做的就是勤勉劳动，不要浪费天赐的良种，不要错失蓬勃的生机，不要虚掷太平的年华，不要辜负仁君的爱育。优美的诗句下，隐含着诗人真诚的劝诫：

吉鸟衔着良种而来，清云吹拂野花飘香。
嫩苗蓄势勃发，禾谷与日生长。
四方人民歌颂战争停止，九州大地一派祥和安康。
辛勤持久地铲除杂草、治理田地，国君仁德慈爱分外彰显。
免除租税的政策令人欣喜，官员丈量田亩展现新气象。

租税减免政策的实施，以及丈量土地、完善税制的举措，是百姓最大的福音。官府能够考虑到百姓的实际困难，纾解疾苦，这个国家颇有盛世的气魄。

在诗的最后，诗人希望人们能切实力行，共同宣扬圣君的美德事迹：

出身于农家的人，以及通晓经史典籍的官吏，应该广泛传递散播皇上的美意，真心地抒发，一定要持续做到。

可见，知行合一，想到、说到、做到的人，自有人去称道。

粮言——『圣主重民事』,应当是主政者的座右铭。既然有做『主』的权力,就要有做『事』的责任;所『重』之事有很多,以『民』为先是正道——成『圣』的必经之路,康庄坦荡、光明辉煌。

重粮祈丰

事粮保生

| 且喜输官办 —— 062
| 流民获所依 —— 066
| 嘉谷抽新萌 —— 070
| 万顷平如掌 —— 074
| 绿针刺风漪 —— 078
| 笑歌插新秧 —— 082
| 良苗日怀新 —— 086
| 倒流竭池塘 —— 089
| 欢呼荷担归 —— 092
| 糠粃凌风前 —— 095
| 照人珠琲光 —— 098
| 岁暮粟入庚 —— 102
| 丁壮俱运粮 —— 105
| 平阳米价低 —— 109
| 卖得二百钱 —— 112

且喜输官办

淘漉沟源[1]筑野塘,
满坡烟草[2]卧牛羊。
今年且喜输官办[3],
豆荚繁多粟穗长。

——北宋·文同《秋日田家》

---

1 淘漉：疏通挖掘。 沟源：沟渠。 2 烟草：草长得茂密，风吹飘动，如同烟云。 3 输：输送。 官办：官府的租税。

物有阴阳，事有正反。自古就形成的租税制度，人们对此褒贬不一。

"敛谷曰税，田税曰租。"（唐·颜师古《〈急就篇〉注》）由别人代种农田并征收粮食，称作"租"；直接征收粮食的，称作"税"。官府征收租税，初衷是聚拢财力，支撑国家建设发展的需要。并且相比于奴隶制中奴隶完全受剥削而言，官府按照一定比例收取租税反而能让农民留有自身基本生活所需，激发了农民种粮的积极性。起初，这种制度是社会进步的体现。

战国时代鲁国的"初税亩"制度是我国税收的肇始。"初税亩"即"开始按照耕地实际亩数收取粮食税"，无论公田还是私田，征收的比例都是十分之一。自此，我国的税收制度便在此基础上不断进行变革。秦汉实行"租赋制"，魏晋南北朝实行"租调制"，隋及唐前期实行"租庸调制"，都是以"计亩征税，计户而征"的办法收税的。唐代中期以后及宋元时期实行"两税法"，是以财产多少作为征税标准的。明代中期推行"一条鞭法"，确定货币税为主流。清代中期实行"摊丁入亩"，将人头税归于财产税。

把薪助火、众志成城，合理适宜的税收比例和形式，对确保国家的长治久安有积极意义，农民作为纳税人在为维护全局做贡献的同时也得到了基础性保障。因此，税收制度是必要的，前提是取之有度。但如果税制在设计上就不顾民情、强取豪夺、恶意压榨，并且有的官员以此为借口过度搜刮、大肆敛财，造成民不聊生，那就与奴隶制无两样。这样的制度和官吏是必须受到尖锐抨击和广泛谴责的。

一边是国家利益，一边是百姓利益，中间还掺杂了贪官的利益，税收制度在利益的天平上很难达到平衡，因此古往今来人们对税租既有褒奖，更有贬斥。北宋的著名画家、诗人、官员文同，创作了一首题为《秋日田家》的诗歌，其中蕴含的褒贬之义，就颇具玩味：

疏浚沟渠筑成郊野池塘，牛羊卧倒在满山坡如烟云的青草之中。
今年很欣喜地向官府缴纳租税，因为豆荚茂盛、谷子穗长。

文同是大艺术家，笔下描绘的画面充满了美感。看那波光粼粼的池塘、青草之间的牛羊、豆荚谷子穗长，这意味着农民将充满丰收的希望。这样的情景鲜丽有生机，令人欣喜舒畅。如果说文同通过这首诗表达了对农家生活的赞美和歌颂，倒也是合情合理的。然而，诗句中对农民"且喜"向官家交税的表述，却值得细思："输官办"时农民真的是怀着喜悦之情吗？

北宋本就有着"积贫积弱"的弊端，国家财力不足，势必要从农民手中征缴更多的税租。文同生活的时代，先后进行了庆历新政、王安石变法等改革，本意是扭转衰局、求富图强，但成效均不明显。甚至由于官吏腐败，变法在执行中走了样，反倒引起民众的激烈反对。在这样的形势下，农民怎会喜于交税？即便恰逢丰收之年，人们有"喜"的理由，那也只是相比于以往悲苦的经历而言——在严苛压迫的税租面前，农民能稍稍舒缓一口气而已。

另外，按照文同的思想倾向，他几乎不可能认同当时的税制。文同与苏轼是表兄弟，也是莫逆之交。苏轼十分了解文同，在《文与可字说》中评价文同为："守道而忘势，行义而忘利，修德而忘名。"可见文同注重守道、行义、修德，而不在乎名、利、势。他从天下安稳、民生福祉的角度出发，与苏轼一样均不认同王安石变法。因此，文同笔下的"且喜"，似扬实抑，在轻松愉快的语气中透露出对苛政的嘲讽与不屑。今年姑且欢喜一场，然而以后呢？

文同在政治上的成就，似乎被他的艺术才华遮盖了。其实他清正廉洁、不畏权贵、一身正气，常以竹子的节操自励，还勉励他人，被人称颂为"廉吏""清贫太守"。他长期任职于贫困地区，勤于政务，大力兴办教育，身体力行关心百姓疾苦、为民排忧解难。并且，他温柔敦厚、谨慎细心，仕途不像苏轼那样遭受大起大落，总体还算平稳。

或许从他对"且喜"一词的使用上，能看出他的性格特质和为官智慧。

粮言——

人人利于天下，则天下利于人人。缴纳税租是民众对国家的付出、贡献；用税租来支撑良好的公共环境、稳定的社会秩序和强大的国力保障，这是官府反馈民众的责任义务。对于国家的长治久安而言，两者不可偏废。

事粮保生

流民获所依

乞得诸仓粟,流民获所依。
已燃薪禦[1]冻,仍用楮[2]为衣。
病骨蒙新暖,羸肌复旧肥。
故乡虽有屋,此处可忘归。

——北宋·徐积《赈饥篇赠程守·其二》

1 禦(yù):抵御。 2 楮(chǔ):楮树,叶似桑,皮可以造纸。

天有不测风云，人有旦夕祸福。在天命面前，人类是渺小脆弱的。只是，当处于太平安乐的时候，人们容易忽略这一点，除非遇到了真正的困难。

我国自古就是人口大国、粮食生产和消费大国，以农立国、以粮兴民是颠扑不破的治国箴训。然而，我国又域广地阔、气候复杂，加之战乱、朝代更替，致使"数千年来，灾荒频度之繁、强度之深、广度之大"（邓云特《中国救荒史》），严重影响人们的生活和社会的秩序。于是，在风起云涌的历史变迁中，人们总结经验、吸取教训，形成了丰富的防灾救荒思想，也摸索出比较系统的实践方法，以期过上平静、安稳、富足的日子。

早期社会生产力低下，人们对自然的控制力十分薄弱。尤其是在农业领域，山川土木风雨雷电，影响农业生产的要素无一不是受"天"的掌控，"天帝"就是大自然绝对的主宰。因此，人们在浓厚的天命主义价值观中，虔诚地敬天畏天、祈天顺天，力求得到上天的眷顾，减少灾害的降临。这一思想影响深远、流传甚广并且在民间根深蒂固，即便人们在已经掌握充分的自然科学技术之后，也依然留存。

不过，天命主义很难解决实际问题，人们终归要理性切实地面对困难、突围困境，因此在实践中逐步探索出一些理论和方法。先秦《周礼·地官·司徒》中提出的"荒政十二书"，是中国系统性救荒思想的开端，后世在此基础上不断完善思想成果。总的来讲，救荒思想体现在人们灾前防范和灾后救治两方面。自然灾害是客观现象，人们很难去控制改变，但可以提前预防、减少损失。预防主要靠对自然规律的把握，比如先秦时期就出现了颇有影响力的"农业生产丰歉循环论"，提出"天下六岁一穰，六岁一康，凡十二岁一饥"（《史记·货殖列传》），概括了天象变化与自然灾害的规律，形成了预防灾害的理性认识。此外，人们还通过遵守农时、选育良种、发展水利、杀虫除害等方式，提高粮食生产的防灾能力。在灾后救治方面，官府是主导力量，粮储是关键环节。这一点，古人有着清醒的认识。《礼记·王制》强调："三年耕，必有一年之食；九年耕，必有三年之食；以三十年之通，虽有凶旱水溢，民无菜色。"古代最普遍的救荒方式是通过稳定的粮食储备来弥补灾荒引起的粮食短缺，打开粮仓直接赈荒救民。另外，减轻农民赋税徭役负担，为其尽快恢复生产创造条件；以及为受灾民众谋求一份差事，使其"以工代赈"，是两种常见的间接赈济救荒方式。这些思想和方法是代代传下来的宝贵经验，对灾荒特殊情况下应急保障民生、赈济安抚灾民、稳定社会秩序、促进农业生产恢复起到了巨大作用，可谓"仁德善政"。

北宋官员徐积，在亲自经历过一次救荒之后，满怀感慨地写下一首诗赠送给当时主政官员程守，既是赞扬他的善政功绩，更是抒发自己对受苦民众的同情之心：

乞求后获得各地粮仓的粮食，流民生活有了依靠。
烧着柴火抵御寒冷，仍然穿着楮纸做的衣服。
生病的身骨又得到了温暖，羸弱的肌体恢复到以前的健壮。
即便故乡有自己的房屋，在此处也忘记回乡了。

无论是天灾还是人祸导致的饥荒，都可能使人们遭受重大打击而沦为"流民"。此时，官府能够实行及时救助，便是功德无量的善举。人们心灵得到了慰藉，身体得到了康养，流浪寄居的异乡反而胜过了生养久居的故乡，这就是救荒的意义所在。

徐积是当时有名的大孝子：父亲的名字中有"石"字，他终身不用石器，走路遇到石头也会避而不踩。母亲去世，他在屋中守孝三年，哭不绝音。并且，他曾因自身耳聋而不能入仕，只好隐居乡里，但天下之事无不知晓。可见，他对人情有独到的坚守，对事理有过人的领悟，心灵格外敏锐通透。对于抵御这场饥荒，他一定是竭尽所能、心力交瘁；对于受灾的流民，他一定是百感交集、倍加怜悯。而有感于程守用稳妥有力的举措帮流民渡过了难关，他内心也一定是欣喜无比、宽慰万分。于是，兴起题诗，馈赠善人。

灾难无情，人间有爱。人类是渺小，但贵在心灵可以伟大。

粮言——

为天地立心,立仁爱之心;为生民立命,立不屈之命;为往圣继绝学,继实践之绝学;为万世开太平,开长久之太平。救荒之道,是人与人的互助,更是人与心的无尽磨砺。

事粮保生

嘉谷抽新萌

浸种[1]

溪头夜雨足，门外春水生。
筠篮[2]浸浅碧，嘉谷抽新萌。
西畴[3]将有事，耒耜随晨兴。
只鸡祭句芒[4]，再拜祈秋成[5]。

——南宋·楼璹[6]《耕图题诗》

---

[1] 浸种：用水浸泡种子。 [2] 筠（yún）篮：竹篮。 浅碧：代指清浅的池水。 [3] 西畴（chóu）：西边的农田。东晋陶渊明《归去来兮辞》："农人告余以春及，将有事于西畴"。 [4] 句（gōu）芒：中国古代民间神话中的木神、春神，少昊的后代，主管树木的发芽生长。 [5] 秋成：秋天获得丰收。 [6] 楼璹（shú）：公元1090—1162年，字寿玉，又字国器，鄞县（今属浙江宁波市）人。

善因结善果，嘉种育嘉谷。

种子是粮食生产最核心的要素，它是粮食作物生命的源头，更决定了粮食生长和延续的未来。"田者择种而种之，丰年必得粟。"（《说苑·杂言》）古人很早就认识到优良种子与粮食丰产之间的关联性，非常重视在大量种子中淘汰劣者、选拔优者，逐步探索出选种的宝贵经验。

经过实践检验，我国古人总结出的选种方法主要有穗选法和溲种法。西汉《氾胜之书》中有对两种方法的详细介绍，这是我国有关选种法的最早可靠记录。穗选法是以植物的穗为评判依据，单独把植株高大健壮、穗大粒实的植物挑出来精心培育，有利于促进品种的优化。"取禾种，择高大者，斩一节下，把悬高燥处，苗则不败。"（《氾胜之书·收种》）溲种法就是给种子穿上一层用动物粪肥制作的保护衣，促进种子萌动，增强抗旱和防病能力，有利于减少种子的损失。"此言马蚕皆虫之先也，及附子令稼不蝗虫；骨汁及缲蛹汁皆肥，使稼耐旱，终岁不失于获。"（《氾胜之书·溲种法》）嘉种筛选方法，此后得到广泛应用和不断发展，为改良粮食品种、提高粮食产量提供了技术支撑。

对粮食生产的全过程而言，选种只是前期基础性工作，浸种才是第一道工序。"清明谷雨两相连，浸种耕地莫迟延。"（民间农谚）每当进入春季，农民就要开始准备农耕，这意味着一年的劳作要开始了。种子沉睡了一个寒冬，农民尝试唤醒它们，激发出小小种子中蕴含的旺盛生命力，"农事渐兴初浸种"（南宋·陆游《旬日公事颇简喜而有赋》），人们以"浸种"拉开了农耕生活的序幕。

浸种，顾名思义就是把种子放入水中浸泡，有助于为种子催芽。楼璹在《耕图题诗》中记录道：

夜晚充沛的雨水洒落在小溪源头，村社门外流淌起春天的水流。
将竹篮浸泡在清浅的池水中，嘉谷种子萌发出新芽。

春风消融冬雪，春雨如期而至。夜间的一场雨，为溪头注入了活水，也为村社带来涓涓清流。人们将先前精心挑选出来的嘉种放在竹篮中，然后提到储有新鲜春水的浅池中浸泡。嘉种酣畅地吸收着水分，细细褪去外壳上的灰尘,逐渐变得柔软而饱胀。再沐浴着温煦的阳光,呼吸着清冽的空气,种子内在的生机终于被激发出来,新芽不久便破粒而出,翠嫩剔透、蓬勃向上。

一株株新芽,就像一杆杆象征生命力的旗帜,昭示着新一轮春生万物的开始。人们为了过上新的更美好的生活,已经振奋精神,做好了准备:

要开始去农田里劳作了,每天一早就要拿起农具。
用鸡来祭拜句芒祈盼春季庄稼能蓬勃生长,更盼秋天能获得丰收。

有耕耘才有收获,长久的农耕生活让农民深刻地认同只有付出才有回报的朴素道理。他们早已习惯日出而作、日入而息的生活节奏,也尽可能每天多付出一点、再勤快一些。他们认为万物有灵,一草一木皆有情,因此献上祭品祈求春神句芒能施恩于他们,让万木丛生、粮食丰茂、秋有所成。他们也对自己抱有信心,但行好事即可,眼前所有的努力和辛劳终究会成为一份美好的馈赠,奖赏给勤奋的自己。

春天的开端是美好的,然而此后的过程将漫长而艰辛,耕、耙耢、耖、碌碡、布秧、淤荫、拔秧、插秧、耘、灌溉、收刈、登场、持穗、簸扬、砻、舂碓、筛、入仓……这些工序还等着农民一道道地完成,"从夏讫秋,无一息得暇逸"[明·谢肇淛(zhè)《五杂俎·地部一》]。

以上这些农耕过程,再加上纺织的过程,被南宋於潜县(今属浙江杭州市临安区)县令楼璹完整记录下来,被绘制成为《耕织图》及其题诗。凭借着楼璹对农业生产的长期观察体验、对男耕女织生活的深厚情感以及自身高超的艺术造诣,《耕织图》得到了当时宋高宗以及社会各界的高度赞同和认可,后世也得到广泛传颂,成为古代极具史料价值、科学价值、艺术价值的农学绘本教材。

《耕织图》影响固然深远,而楼璹为皇上所作、绘农民艰辛、劝农桑之功的创作初心更具示范意义。他的作品和初心,像一颗光彩夺目的嘉种,在中华农业文明的沃土上繁茂生长、岁稔年丰。

粮言——一颗种子，既代表着生命的源头，是力量的积累与凝结，又代表着未来的走向，是力量的突破与勃发。谷种如人心，其中含生机。创造丰收美景的前提是，内心积蓄着无穷的希望和力量。

事粮保生

万顷平如掌

耕

东皋一犁雨[1]，布谷初催耕。绿野暗春晓，乌犍苦肩赪[2]。
我衔[3]劝农字，杖策[4]东郊行。永怀历山[5]下，往事关圣情。

耙耨[6]

雨笠冒宿雾[7]，风蓑拥春寒。破块得甘霆[8]，啮塍[9]浸微澜。
泥深四蹄重，日暮两股酸。谓彼牛后人，着鞭无作难。

耖[10]

脱绔[11]下田中，盎浆[12]着塍尾。巡行遍畦畛[13]，扶耖均泥滓。
迟迟[14]春日斜，稍稍[15]樵歌起。薄暮[16]佩牛归，共浴前溪水。

碌碡[17]

力田[18]巧机事，利器由心匠[19]。翩翩转圜枢[20]，衮衮[21]鸣翠浪。
三春欲尽头，万顷平如掌。渐暄[22]牛已喘，长怀丙丞相[23]。

——南宋·楼璹《耕图题诗》

1 **东皋**：田野与高地的泛称。东晋陶渊明《归去来兮辞》："登东皋以舒啸，临清流而赋诗。" **一犁雨**：雨量相当于一犁入土的深度，指及时又适量的春雨。 2 **乌犍**（jiān）：水牛。**肩赪**（chēng）：指水牛肩头因负担重物而发红。 3 **衔**：奉命。 4 **杖策**：拄着拐杖。 5 **历山**：古山名，相传舜帝曾在历山从事农耕，所在地点说法不一。《史记》记载："舜耕历山，渔雷泽，陶河滨，作什器于寿丘。" 6 **耙**（bà）：用于弄碎土块、平整土壤的农具。**耨**（nòu）：锄草的农具。 7 **宿雾**：昨夜的雾。 8 **霆**（shù）：大雨。 9 **啮**（niè）**塍**（chéng）：指田中水大，水波已经侵蚀到田埂。啮：咬。塍：田埂。 10 **耖**（chào）：在耕、耙地以后用的一种把土弄得更细的农具。 11 **绔**（kù）：同"裤"，套在外面的裤子。 12 **盎浆**：稀粥、淡酒之类充饥及御寒的饮食。盎：盆。 13 **畦**（qí）**畛**（zhěn）：田间的界道。 14 **迟迟**：日行缓缓、阳光温暖的样子。 15 **稍稍**：渐渐。 16 **薄暮**：傍晚，太阳快落山的时候。**佩牛**：牵牛。佩：带。 17 **碌**（liù）**碡**（zhou）：又称"碌轴"，是一种用以碾压谷物、碾平场地的畜力农具。 18 **力田**：努力耕田。 19 **心匠**：精心设计。 20 **圜**（huán）**枢**：绕轴而转。 21 **衮衮**：旋转翻滚的样子。 22 **暄**：温暖。 23 **丙丞相**：指西汉名相丙吉，此处用"丙吉问牛"的典故：丙吉看到牛的异常，想到天气变化，而询问情况，表现古代官员恪守职司的高度责任心，以及心系百姓、关心民事的高尚品德。典故出自《汉书·丙吉传》。

工具拓展行动力，技术提高生产力。伴随着工具和技术的不断革新，人类一次次地升级了生产形态，农业文明成果也不断涌现叠加。

远古先民在与大自然较量中，通过摸索规律和积累经验，不断开发自身潜能，改进生产方式。先学会了使用火，用焚的方式清除杂草树木以开辟土地；又发明了农具、采用了铁器，为广开良田、精耕细作创造了有利条件；还改善了动力源，将农具与畜力结合起来形成了牛耕技术，促进生产效率的大提升。从原始采集狩猎生活到自力更生的农耕生活，人们在获取自然资源的征程中开辟了一片新的天地。

有了工具与技术的支撑，农民可以信心满满地走向广袤的田地，期待用勤劳的双手垦殖出肥沃的良田。他们先后采用耕、耙耱、耖和碌碡等技术，进行翻耕土壤、剔除杂物、细化土质、平整土地，为浸泡发芽的种子提供一个适宜的生长空间。楼璹在《耕图题诗》中就对这个整地过程做了详细的记录：

农田里下过适量的雨水，布谷鸟开始催促人们耕作。
春季早晨天还是幽暗的，水牛肩头因犁田而发红。
我有劝课农桑的使命，拄着拐杖行走在东郊田野。
始终想着舜帝在历山从事农耕，这些往事体现了圣人的情怀。

这是"耕"的过程，即最基础也最艰难的破荒工序。农民使用铁犁牛耕，翻动已经板结硬化的生土，撬出土里的乱石杂物，掀开大地在春天里的新面貌。耕者不易，人牛俱疲，但这是美好的开始。诗人想到，舜帝曾经亲自在历山农耕，为百姓做出了表率。如今人们要感谢圣人的恩泽，秉承和发扬他的美德，终会得到天地的共助。

遮雨的笠帽上泛起昨夜的雾，挡风的蓑衣上裹着春天的寒气。
用耙耱把田地上的土块弄碎后，天上下起了大雨，雨水漫到田埂，泛起微波。
泥土被踩得很深，牛蹄变得沉重，到日落时分人的两腿已经酸痛。
想告诉在耕牛后面的人，落鞭子的时候不要为难那头牛。

这是"耙耪"的过程,即敲碎土块、铲除杂草的工序。人们在翻耕后的土地上去粗、去杂,留下细碎松软的泥土,有利于播种。不过,天上下起了大雨,虽然对农田有益,但也给人们劳作增加了难度。诗人看到此景心生怜悯,不仅同情农民的辛苦,还希望耕牛也能得到善待。

> 脱下短裤进到农田,一天的饭食放在田垄边。
> 走遍田间往来,农民手持工具把农田里的泥沙整理均匀。
> 春季的太阳缓缓移动,樵夫的歌渐渐唱起。
> 傍晚牵着耕牛回家,一起在门前溪水里冲洗。

这是"耖"的过程,即将田里泥土弄碎整平、对田地精细加工的工序。人们用耖疏通田泥、混匀泥浆、稳定泥层,达到熟化土壤的目的。这是南方水田的方法,而在北方这一工序则称为"耱(mò)",作用也是磨平地面、磨碎土块。此时的土地已基本整治成型,人们内心喜悦,日暮时分唱着歌牵着牛优哉游哉地回家。

> 努力耕田有巧妙的方法,人们精心设计了有效的工具。
> 圆轴轻快地旋转起来,地上仿佛翻涌起滚滚翠浪。
> 春天快要结束了,万顷土地平坦如手掌。
> 天气渐渐暖热,使得耕牛开始喘大气,一直记得"丙吉问牛"的典故。

这是"碌碡"的过程,即碾压土地、平整农田的最后一道工序。碌碡是圆柱形的农具,受耕牛牵拉而滚动起来,可以压平田面,为播种做准备。经过这一系列平整土地的工序,万顷农田平如掌,禾苗的"温床"已经铺展就绪。人们似乎可以为完成阶段性工作而舒缓一口气,不过此时天气转暖,耕牛却累得气喘吁吁。由此诗人记起"丙吉问牛"的故事,提醒自己也是劝诫他人:要始终心系百姓、关心民事。

种芽已培育好，土地也已平整好，接下来就要开始播种了！"夫稼，为之者人也，生之者地也，养之者天也。"（《吕氏春秋·审时》）在往后的农时里，人的意志、智慧和力量将全力汇聚和调动天时与地利的积极因素，一切都为了促进粮食的茁壮生长。

粮言——

天地洪荒，人寓居于其中，与万物无异。但人的独特之处在于有改造环境的能力，能使沧海变桑田、荆丛变平地，为我所用。当人们总结出一套成熟的经验和理论的时候，天、地、人这『三才』中，人的作用会更加闪耀凸显。

绿针刺风漪

布秧[1]

旧谷发新颖[2],梅黄雨[3]生肥。
下田初播殖,却[4]行手奋挥。
明朝望平畴,绿针刺风漪[5]。
审此一寸根,行作合穗[6]期。

淤荫[7]

杀草闻吴儿[8],洒灰传自祖。
田田皆沃壤,泫泫流膏乳[9]。
塍头乌啄泥,谷口鸠唤雨。
敢望稼如云,工夫盖如许。

——南宋·楼璹《耕图题诗》

---

1 **布秧**:播种。 2 **新颖**:萌生的小芽。 3 **梅黄雨**:即黄梅雨,长江中下游流域春末夏初黄梅季节下的雨,也称"梅雨"。 4 **却**:后退。 5 **风漪**:微风吹拂秧田水面形成的细纹。 6 **合穗**:禾苗一茎生两穗就是合穗,为祥瑞之兆。 7 **淤**(yū)**荫**:水田中施用青草、草木灰等,经泥水淤腌沤腐以肥田,泛指施肥。 8 **杀草**:除草。 **吴儿**:吴人。 9 **泫**(xuàn)**泫**:水流动的样子。 **膏乳**:形容土地肥沃得如膏似乳。

人经磨砺多成才，稻谷更是如此。

早期水稻的种植，是粗放式的。据《史记·平准书》记载，人们主要采用"火耕水耨"的方式，即先用火烧开一片空地，然后播种谷种，待禾苗长出一段后，及时将伴生的杂草去除，再用水灌入田中淹没并闷死杂草，使之腐烂成为肥料以促进稻秧生长。然而，这种直接播种的方式虽然省力便捷，但禾苗的抗病虫能力差，如果遇到较恶劣的气候，则容易绝产。于是人们探索采用更有效的方法。

从东汉以后，水稻的种植技术有所发展。在田地整理方面，人们通过不断改进工具来实现精细化耕作，逐渐形成了"耕—耙—耖"的稻田整地技术。在秧苗培育方面，开始采用"移栽法"，即先把稻种栽培在经过整理的土地里，等到发秧以后再将其移植到更大的田地里，直至收获。这种育秧移栽方法比较烦琐，对秧苗来讲也是一种考验。但通过考验的秧苗，能大大提高生长能力。并且，土地资源也能得到有效利用，尤其是为多熟制种植方法的产生和运用创造了条件，对增加粮食产量起到了重要作用。

育秧的方法，在楼璹《耕图题诗》里有所记载：

陈旧的谷粒发出了新芽，黄梅雨使地里肥沃。
到田里播种秧苗，边后退边挥手播种。
将来看着平坦的农田，长出的新芽像绿针，微风吹拂秧田水面荡出细纹。
仔细看这一寸长的禾茎根，预计将会长出代表祥瑞的合穗。

这道工序称作"布秧"，即散布播种、培育秧苗。到了梅雨季节，连绵的雨水让修整平坦的农田变得软湿滑腻。农民胳膊挎着装满种子的竹篮，赤脚踩进泥土里，边走边播撒稻种。他们倒退着撒种，可以避免对落地种子的踩踏破坏。种子的新芽钻出水面，像水面上露出的绿针。微风吹拂，绿针周围泛起涟漪，一圈圈、一层层的。诗人看着秧苗的长势，他期盼能够一茎长出两穗，那是人们理想中的祥瑞之兆，预示着将在秋季获得大丰收。

"布秧"之后便是"淤荫"工序,即农民对布秧后的水田进行管理的过程,人们要及时拔除杂草、撒上草木灰,目的是滋补地力,促苗成长:

> 除草的方法是听从吴人的,撒灰的方法是传承祖上的。
> 广阔的良田非常肥沃,仿佛要流出膏乳一般。
> 田头的春燕在啄泥筑巢,谷口的斑鸠在呼啼降雨。
> 要想庄稼长得如云般连绵,就要花费像春燕、斑鸠一样的功夫。

诗人提道,"淤荫"是吴人传承和发扬的方法。尤其是撒灰的技术,源远流长。在刀耕火种的远古时代,先民为了清除地里的树木杂草而放火焚烧,过后将灰烬翻入土中。人们发现,经过翻埋的土地格外肥沃,于是草木灰就成为常用的肥料。草木灰中包含了植物应有的矿物质,在田间施用能增加土质的养分,对植物根系的生长大有好处,还能起到防治病虫害的作用。并且草木灰质地轻盈,不会压伤幼苗,易于飘散、分布均匀,非常适合在布秧之后施于水田里,有利于秧苗吸收养分。这就是自古以来吴人积累下的实践经验,能让良田肥沃得像膏脂一样的农业智慧。

经验和智慧固然重要,但都要赖于人们辛勤的付出。春燕衔泥、斑鸠啼雨,生灵们如同上天为人类派来的使者,通过它们的日常活动来告谕人们:要想收获,就要下一番苦功夫。诗人是灵魂的哨兵,能够预先发现和领悟上天的旨意,于是楼璹从匆匆忙忙的春燕和吵吵嚷嚷的斑鸠身上得到警悟,留下了"敢望稼如云,工夫盖如许"的诗句。

如许工夫,是对农民和稻谷的长久磨砺。

粮言

越是关乎重大的事业，就越难一蹴而就。拔苗助长，欲速则不达，甚至适得其反。保持耐心、勤恳付出，积累经验、改良方法，多经磨砺才能有真知，多经考验才能获丰收。

事粮保生

笑歌插新秧

拔秧

新秧初出水,渺渺[1]翠毯齐。
清晨且拔擢[2],父子争提携。
既沐[3]青满握,再栉[4]根无泥。
及时趁芒种[5],散着[6]畦东西。

插秧[7]

晨雨麦秋[8]润,午风槐夏[9]凉。
溪南与溪北,笑歌插新秧。
抛掷不停手,左右无乱行。
我教插秧马[10],代劳民莫忘。

——南宋·楼璹《耕图题诗》

---

1 **渺渺**:悠远的样子。 2 **擢**:拔。 3 **沐**:将拔出的秧根在水中清洗。 4 **栉**(zhì):本义是梳子,此处指梳理秧根,清除残留泥土。 5 **芒种**:芒种,是二十四节气之第九个节气,夏季的第三个节气,一般在公历六月六日前后。 6 **着**(zhuó):着落,接触。 7 **插秧**:指将秧苗栽插于水田中。 8 **麦秋**:麦子成熟的季节。 9 **槐夏**:槐树开花的夏季。 10 **插秧马**:种植水稻时,用于拔秧和插秧的工具。其外形似小船,头尾翘起,利于在秧田滑移,能够提高生产效率、减轻劳动强度。北宋苏轼曾撰写《秧马歌》,热情宣传推广。

"芒种",如同一声进军的号令,每当这个节气到来时,农民就要开始"忙种"。

芒种前后,气温显著升高,雨量充沛,正适宜水稻栽种。此时育秧有了明显成效,种子已经长成了挺立的秧苗。不过,由于前期种子是由农民挥手播撒的,长大成苗后造成水田比较密集拥挤,不利于生长。因此,农民需要把它们移植到新的更大的稻田里,让水稻获得更充足的生长空间。于是,先拔秧后插秧,就成为芒种时农民们忙碌的主题。对此,楼璹在《耕图题诗》有专门记录:

新发出的秧苗刚露出水面,远远看像整齐的绿毯。
清早就把秧苗拔出来,父子高兴地争着提握。
满手握着青翠的秧苗在水里洗涮,再理顺根部使其没有污泥。
在芒种节气及时拔秧,秧苗散落在田地。

布秧时的种芽是细微的,像绿针一般。经过一段时间的生长,它们茂密了许多,连成一片像一张翠嫩的绿毯。这期间稻谷的变化是令人欣慰又欣喜的。农时不等人,父子齐上阵。为了避免拔出秧苗被烈日晒蔫甚至晒干,他们通常选择在半夜拔秧。他们双脚半浮半沉地蹲在秧田里,双手配合着小心翼翼地将秧苗拔离田土,生怕将秧苗拔断。然后顺势又轻又快地在田水中洗净其根部的泥土,使出水的秧苗变得干净清爽。农民们把秧苗拔出后,捆缚成匝堆放到田边,等秧拔得差不多时,就用土箕挑着去插秧。

一场晨雨让麦子成熟季节变得湿润,午后的微风使槐树开花的夏季变得清凉。
溪水的南北头,人们欢歌笑语插新秧苗。
插秧时人们相互配合,不断抛掷,秧苗插在水田里整齐有致。
我倡导大家使用秧马,能代替人们劳作,这样的工具不能忘记。

"芒种"前后也是麦子成熟的时节,北方的农民要赶在大雨倾下前紧张地收割成熟的麦子。而在南方，一阵晨雨微风过后，天气倒舒适宜人。人们神清气爽、欢歌笑语地开始插秧。农民头戴斗笠，身披蓑衣，互相配合抛掷秧苗，然后手把秧苗低头弓背地在田地里插着稻秧。插秧的要求很高，元代农学家鲁明善在《农桑衣食撮要·卷上》里记载："约八九十根作一小束，却于犁熟水田内插栽，每四五根为一丛，约离五六寸插一丛，脚不宜频挪舒，手只插六丛，却挪一遍再插六丛，再一遍逐旋插去，务要窠行整直。"农民很辛苦，既要有过人的忍耐力，还要有很强的肢体灵活性、精准性，能够使秧苗整齐有序地扎根到田中。好在，他们还学会了使用"秧马"工具。

"秧马"大约出现于北宋中期，由家用四足凳演化而来。下部是一块稍大的两端翘起的木板，上面固定了一个四足凳，人可坐于其上。在拔秧、插秧的时候，农民坐在秧马上便于在田间滑行，可以减轻弯腰曲背之苦、避免田水浸身之害。人们使用了秧马，在田里状如骑马、雀跃泥中，轻快自如，不仅减轻了劳动强度，效率也有了不小的提升。因此，诗人希望人们都不要忘记这项伟大发明的功劳。

插秧的时候为避免踩踏，农民需要边插边后退，如同画家一般，落笔之处熠熠生辉。五代梁时的布袋和尚（也称为"契此和尚"）见此情景，吟哦出一首禅诗："手把青秧插满田，低头便见水中天。六根清净方为道，退步原来是向前。"（《插秧诗》）平凡中悟真理，插秧中含大道理：身心无染，天地开阔；不骛虚表，退就是进。一首禅诗，让秧苗更富有灵气。

一棵棵秧苗被移植到新的水田里，密密麻麻又整齐划一。也许在插秧之后的前几天秧苗会打不起精神，需要一定的适应过渡。但等到彻底扎根于新土壤之后，它们就会活力四射、娇柔飘逸，给田野撒满生命的气息。

那时，人们的歌声将更加欢快而明亮，脸上会绽放更灿灿的笑容。

粮言 ——

插秧过后,秧苗终于稳定下来,在固定的稻田里一直生长;农民的心也安顿下来,对这片田地开展精耕细作。这是前期育秧苗的结束,也是后续更多农事的开始。笑歌插新秧之后,人们重新出发。

事粮保生

良苗日怀新

一耘[1]

时雨既已降,良苗日怀新。
去草如去恶,务令尽陈根。
泥蟠任犊鼻[2],膝行[3]生浪纹。
眷[4]惟圣天子,傥亦思鸟耘[5]。

二耘

解衣日炙背,戴笠汗濡[6]首。
敢辞冒炎蒸,但欲去蒗莠[7]。
壶浆与箪食,亭午[8]来饷妇。
要儿知稼穑,岂曰事携幼。

三耘

农田亦甚劬[9],三复事耘耔[10]。
经年苦艰食,喜见苗薿薿[11]。
老农念一饱,对此出馋水。
愿天均雨阳,满野如云委[12]。

——南宋·楼璹《耕图题诗》

---

1 耘：农作物生长期间，为其多次除草、培土的过程。"一耘"即第一轮耘田，"二耘""三耘"同理。　2 泥蟠：指盘伏着身体，身上沾满了污泥。　犊鼻：古代服饰，是"犊鼻裤(kūn)"的省略，即短裤（一说围裙），形如犊鼻。　3 膝行：指在田间屈膝慢行。　4 眷：念及。　5 傥亦：还有。　鸟耘：相传舜耕历山，有鸟群为他耕耘田地。　6 濡(rú)：沾湿。　7 蒗(làng)莠(yǒu)：合指杂草。　8 亭午：中午。　9 劬(qú)：劳累辛苦。　10 耔(zǐ)：给庄稼苗的根部培土。　11 薿(nǐ)薿：禾苗茂盛的样子。　12 云委：如云之委积，形容很多。

"春夏耕耘，秋冬收藏。"（西汉·桓宽《盐铁论·散不足》）

"耕耘"既代表技术层面上农业劳作的手段，也代表精神意义上辛勤付出的品质。两字展现了人力在农业中的能动性。"耕"是开荒破土，要使出全力、大刀阔斧，其精神实质在于"奋"；"耘"是除草培土，要持续发力、久久为功，其精神实质在于"勤"。"耕"在种植之前就要完成，是打基础的工作；而"耘"则要伴随着粮食生长的全过程，因此格外艰难。

楼璹的二十一幅《耕图》中，有三幅关于"耘"的图，可见他对"耘"这道工序的重视。三幅图的题诗为：

及时雨已经降临，禾苗一天一个新样子。
除草就像除掉邪恶的事物，必须去掉其陈根。
盘伏着身体，任裤子上沾满污泥。在田间屈膝慢行，身边泛起波纹。
常念圣人天子的仁行，耕作时还有群鸟的帮助。

第一轮耘田，是在插秧后不久。土里埋藏的杂草种子，在田水的滋润下与秧苗一起成长。然而这里是稻田，杂草自然被视为异物。并且它们还占据土地、水分和营养资源，对稻秧来说还是"恶物"。农民铲除杂草当机立断、不留余地，除早、除小、除彻底。他们盘曲着身躯，仔仔细细地识别杂草并连根除掉，生怕为以后留下祸患。然而在广袤的稻田里除草，要被日晒、被水泡，谈何容易！人们想到，舜帝亲身农耕时得到了群鸟的帮助，那是因为圣人有仁德，农民心向往之。他们将希望寄托在工具上，把耘田的工具称为"耘爪"。元代农学家王祯在《农书》里介绍道："耘爪，耘水田器也，即古所谓鸟耘者。其器用竹管，随手指大小截之，长可逾寸，削去一边，状如爪甲；或好坚利者，以铁为之，穿於指上，乃用耘田，以代指甲，犹鸟之用爪也。"有了"耘爪"，人人似乎都成为舜。

宽解衣服，太阳烤炙后背。戴着笠帽，汗水浸透头发。
不能避免身上像蒸煮一样闷热，只是想除掉杂草。
中午妇女送来饮食，孩子知道父母忙于农耕，哪还能照看孩子。

天气越发炎热了,稻子也长得更挺拔了,但同时地里也复生了许多杂草。农民无奈地又拿起了农具,走进稻田里"二耘"。这些杂草似乎更加顽固,清除起来也更加困难。他们忍受着闷热、炙烤、汗浸,全身心地忙于除草,也顾不得回家吃饭,更没办法照看孩子。

在农田里非常辛苦,要反复除草、培土。
长年累月为吃饭而忙碌,欣喜地看到禾苗茂盛。
农民们力求吃饱饭,对禾苗垂涎三尺。
希望老天阴晴均匀、和谐,使得田野像云一样连绵丰厚。

到了酷暑难熬的时候,人们对预防杂草乱生还是高度戒备着。为了能有个好收成,农民需要反复除草,确保稻子能茁壮成长。同时也会经常疏松土壤,给植株壅土培根,既能调节和涵养水分,又有利于固苗壮苗。"勉哉耘其业,以待岁晚收。"(唐·韩愈《送刘师服》)出于对丰收的渴望,农民必须勤勉耘田,不敢懈怠。当然,他们最希望的还是能得到上天的恩赐,有一个适宜的好天气。

清代康熙皇帝看到农民们耘田的画面,题诗道:"堪怜曝背炎蒸下,惟冀青畴发紫芒。"帝王有此仁心,比期盼有个好天气更务实有效。

粮言 ——

野火烧不尽,春风吹又生。耘田是人的坚韧与草的顽强之间的两相较量。农民要坚韧下去,需要自身勤恳耐劳、家人全力支持、工具得心应手、君王施行仁政……这些因素是祈求上天最好的贡品。

倒流竭池塘

灌溉

揠苗鄙宋人[1]，抱瓮惭蒙庄[2]。
何如衔尾鸦[3]，倒流竭池塘。
穲䄺[4]舞翠浪，蘧蒢[5]生昼凉。
斜阳耿衰柳[6]，笑歌闲女郎。

——南宋·楼璹《耕图题诗》

---

[1] **揠苗鄙宋人**：指"揠苗助长"的典故：一位宋国人把禾苗拔起来，帮助其成长。违反事物的发展规律，急于求成，最后事与愿违。典故出自《孟子·公孙丑上》。 [2] **抱瓮惭蒙庄**：指"抱瓮灌园"的典故：孔子的学生子贡看见一位汉阴老人一次又一次地抱着瓮去浇菜，"用力甚多而见功寡"，就建议他用机械汲水。老人不肯，安于拙陋。典故出自《庄子·天地》。蒙庄即庄子。 [3] **衔尾鸦**：水车的辐片在抽水时一个连接一个不停地转动，像一行衔尾而飞的乌鸦。 [4] **穲**（bà）**䄺**（yà）：稻子茂盛摇动的样子。 [5] **蘧**（qú）**蒢**（chú）：用竹或苇编的粗席。 [6] **耿**：照亮。 **衰柳**：也作"疏柳"。柳条纤细稀疏。

水是生命之源。当人们学会掌控水源,也就把握了生命的主动权。

远古洪荒,天水来势之汹、力量之大,让人们苦不堪言。但自大禹治水之后,人们意识到人类渺小之躯虽不能与自然伟力正面抗衡,但可以通过独有的智慧来"驯服"天水为我所用。秉持着这份信心和勇气,人们开始探索如何将"水患"转变为"水利"。

千百年来,人们面对各种自然灾害的挑战,在生产实践中逐步掌握了"驭水之术",学会了修堤坝、筑水渠、通水道、蓄水流等,以此来抵御水旱、引水灌溉。于是,中华大地上出现了不计其数、蔚为壮观的水利工程,产生了巧夺天工、影响深远的水利技术,滋养出辉煌灿烂、彪炳千古的农业文明。

在农业生产中,"灌溉"的工序是相对轻松的。上善若水,润利万物。人们利用灌溉工具,巧妙地调度疏引水源到田地里。伴随着哗哗声响和爽冽微风,涓涓清流浸湿了快要干涸的稻田,更滋润了人们祈盼丰收的心田。楼璹在诗中也描绘了灌溉的场景:

> 揠苗助长的行为让宋国人蒙羞,抱瓮灌园的拙陋使庄子感到惭愧。
> 不如利用水车来汲水,运转起来像衔尾鸦一样,能将池水全灌到农田里。
> 稻子茂盛而舞动,涌起了翠浪。粗席搭成的凉棚使白天清爽。
> 夕阳西下,光线透过垂柳,男男女女欢歌笑语,休憩放松。

农民灌溉农田时那轻松祥乐的气氛,让楼璹感慨水利技术的重要。技术的提升是文明的进步,主要体现在人们理性认识的增强和方法手段的革新。他由此想到两个值得深思的典故:揠苗助长的宋国人是理性认识不强,没有认识到庄稼生长的规律而盲目助长,结果适得其反;抱瓮灌园的老人是方法手段落后,费时费力、事倍功半,并且不思进取。在诗人看来,这两个典故是落后的代表,有智慧的人会对此感到惭愧。那值得骄傲和提倡的,就是善用灌溉工具——水车。

水车在提升灌溉效率上具有划时代的意义。在发明水车之前,人们取水灌溉的工具有戽(hù)斗、桔(jié)槔(gāo)、辘(lù)轳(lu)等。戽斗是用绳子牵斗取水,方法原始,效率较低;桔槔是利用杠杆原理取水，在井上方有一根细长的杠杆，中间有支点，两端分别悬挂水桶和重物，当水桶进入井下以后，另一端重物在重力作用下会将水桶提拉上来，达到取水省力的效果；辘轳则是利用轮轴原理取水，人们在井的上面竖立井架，并安装上可转动的轮轴，再缠绕上系有水桶的绳索，当摇动手柄时，水桶在轮轴的牵引下会起起落落，提高了取水的效率。这些汲水灌溉工具在农家很常见，但是不适用于大规模农田灌溉。水车的出现，解决了难题。

水车又称翻车、龙骨水车等，《后汉书》记载由汉灵帝时期的毕岚发明，起初用于吸水洒路；《三国志》记载魏国马钧对此进行了改造，并用于农业生产。水车车身斜置在河边，是利用齿轮带动链上许多叶板将水刮入车槽，通过车槽转动，连续循环，把水输送到需要的地方。水车可用手摇、脚踏、牛转、水转或风转驱动，最大的优点是可连续取水，灌溉效率大大提高。这意味着人们找到了与大自然合作的节点：用科学技术把恣意野蛮的原始力量变成稳定有序的宝贵资源，天人合一、和谐共存，使人们的家园更广阔了。

一排排叶板，像龙脊骨节节相连，其循环拨动起来又像是衔尾而飞行的乌鸦。水车的不停运转，让整个稻田都灵动了起来。风吹稻浪，格外清爽，忙碌了一天的人们坐在凉棚之下，看夕阳余晖，看垂柳疏影，哼几句小曲儿，何其自在！

汩汩的池水，流入稻田，像是为大地梳洗着秀发，温润又清爽。

粮言

兴水利而有农功，损有余而补不足。粮食生产贵在人们能够因地制宜、视需而为，对各种资源进行合理调节配备。水利灌溉之术，提高了人们对水的掌控力度和利用效率，对促进农民精耕细作、粮食增产功莫大焉。

事粮保生

欢呼荷担归

收刈[1]

田家刈获时,腰镰竞仓卒[2]。霜浓手龟坼[3],日永身磬折[4]。儿童行拾穗,风色凌短褐。欢呼荷担归,望望屋山[5]月。

登场[6]

禾黍已登场,稍觉农事优。黄云满高架[7],白水空西畴。用此可卒[8]岁,愿言免防秋[9]。太平本无象[10],村舍炊烟浮。

——南宋·楼璹《耕图题诗》

1 **刈**(yì):割。 2 **仓卒**:即"仓猝"。 3 **龟**(jūn)**坼**(chè):手足皮肤裂纹。 4 **磬**(qìng)**折**(shé):身体曲折。磬即"磬",打击乐器,形状像曲尺。 5 **屋山**:屋脊。 6 **登场**:指谷物成熟,收割后运到场上翻晒或碾轧。 7 **黄云**:比喻成熟的谷子。 **高架**:用竹竿、木条搭建,用以挂晒稻谷的架子。 8 **卒**:终了。 9 **免防秋**:免除秋天的兵役。 10 **无象**:没有具体迹象。

期待中的秋收如期而至，稻田一片金黄。

从春天到秋季，水稻由嫩绿的秧苗长出扁扁的稻穗，一天天地饱胀满实起来。终于，茎秆被沉甸甸的稻穗压弯了腰，茎叶却挺拔不屈地剑指苍穹。秋风吹过稻田，稻谷发出沙沙声响，空气里弥漫着成熟的清香。农民们满心激动地拿起镰刀，踏进翻滚的"稻浪"中，准备乘风破浪、收刈希望。

农民收割粮食的时候，快速地使用腰带镰刀。
厚重的风霜使手裂纹开，长时间的劳作使身体弯曲。
孩子边走边捡拾地上的遗穗，凛冽的秋风吹着粗布短衣。
人们欢呼着挑担回家，远远看到月亮在屋脊上方。

楼璹在诗中记录的收获场景，对农民来说是身体辛苦而内心满足的。人们挽起袖口，弯下脊背，一手持镰刀一手握稻秆，两手配合着用月牙刀口"嚓嚓"割下稻穗，爽利干脆。人们齐头并进，共同劳作，收下了大地的馈赠，也为农田换了一身行装。干燥粗糙的稻秆，在秋天风霜的塑造下变得更加粗粝刺手；长时间弯腰重复劳作，也让农民的身体酸痛僵硬。然而，丰收的喜悦终究抵住了劳作的苦累，火热的干劲也战胜了凌厉的秋风。农民脸上流淌着汗水，更流淌着自豪，他们挑着沉甸甸的稻穗，欢呼着、高唱着回到家里。夕阳西下，炊烟飘起，家家其乐融融。夜晚，月亮初上，皎洁明亮，像挂在屋脊上一样。喜获丰收的人们，睡得格外安稳踏实。

粮食收割之后，人们的精气神都矍铄畅达了许多。他们把收割回来的稻谷堆积、晾挂起来，置于阳光下曝晒，这道工序称作"登场"。在场中，一扎扎、一捆捆、一堆堆、一面面黄灿灿的稻谷像连绵成片的金黄云朵，映衬着天空分外蓝、山林分外绿、溪水分外白。在这色彩鲜丽的世界里，楼璹感慨道：

收获的粮食已经开始晾晒，略微感觉到从事农耕的好处。
挂在架子上的粮食成熟金黄，像黄色的云朵。

西畴的庄稼已经收割完，空留泛白光的溪水在那里。
这些粮食能够帮人们度过年关，还希望能免除秋天的兵役。
太平盛世本没有必定的征兆，只在于乡村能升起袅袅炊烟。

  农业是民生之本，人们通过辛勤的农耕劳动获得粮食丰收，满足生活所需。这是农业的价值所在，也是人性意志和创造力的体现。如果人们能单纯地从事农业劳作，自力更生、自给自足，想必是很美好的生活。然而，现实并非如此，他们还要承担官府征收的租税、赋役。恰逢君王施行仁德，那自是皆大欢喜。但若逢乱世恶政，官府巧取豪夺，那么人们的辛苦所得将无所遗留，很难度过年关。因此，诗人谏言要减免秋防兵役，让人们能够更自在轻松地生活；也希望君王能够多关注民生，务实求道。他认为，太平盛世不在于天降奇异的祥瑞之象，而全在于百姓日常生活所散发出的生机和气息：

  当初升的朝阳映射到溪头，落日的霞光洒向山峦，炊烟袅袅升起，鸡鸣狗吠伴着孩童玩闹，堆晒的稻谷如玉粒般珍贵，人们真诚地露出笑容……这就是盛世之兆。

粮言

心有所向、力有所及、劳有所获，这个过程是人们实现自我价值的有效模式，是在与大自然交手过程中摸索出的宝贵经验。也许人们会在交手过程中遇到困难和阻碍，但这个基本路径和方向不会改变，天道会酬勤，有志事竟成。

糠粃凌风前

持穗[1]

霜时天气佳，风劲木叶脱。
持穗及此时，连枷[2]声乱发。
黄鸡啄遗粒，乌鸟喜聒聒[3]。
归家抖尘埃，夜屋烧榾柮[4]。

簸扬[5]

临风细扬簸[6]，糠粃零[7]风前。
倾泻雨声碎，把玩[8]玉粒圆。
短裙箕帚妇[9]，收拾亦已专[10]。
岂徒较升斗[11]，未敢忘凶年。

——南宋·楼璹《耕图题诗》

---

1 持穗：稻谷收获后，人们用手持稻穗在木桶或石板上用力击打，或借助专门的工具击打，使稻粒脱落。 2 连枷：也称"梿枷"，由一个长柄和一组平排的竹条或木条构成，用来拍打谷物，使籽粒掉下。 3 聒（guō）聒：形容鸟叫声。 4 榾（gǔ）柮（duò）：木柴块，树根疙瘩。 5 簸（bǒ）扬：扬去谷物中的糠粃杂物。簸在此处作动词，表颤动之义。 6 扬簸（bò）：颤动簸箕，扬起谷物。簸在此处为名词。 7 糠（kāng）粃（bǐ）：谷皮和瘪谷。 零：落下。 8 把玩：拿着赏玩。 9 箕（jī）帚（zhǒu）妇：妻妾的谦称。箕帚，扫除尘土的器具，即畚箕与扫帚。 10 专：掌握或占有。 11 升斗：两种计量单位，代指数量。

深秋时节，天干物燥，稻谷加工正当时。

堆叠得如黄云般的稻穗，其中的水分此时基本已经蒸发出来。人们要想食用香气四溢的稻粒，必须将其从稻秆、稻壳中脱离出来，否则稻穗与杂草无异。

最原始的脱粒方法是人们用手搓稻穗，或者手持稻穗在地上摔打，然后改为用木棍敲打，再后来出现了专门的脱粒工具——连枷。连枷是由长柄和敲杆（也称"枷头"）组成。脱粒时，人们上下挥动长柄，敲杆会随之回来转动，拍打在稻穗上面，使籽粒脱落下来。连枷的原材料就地取材、大小随意，工艺也比较简单，因此在农家非常普及。楼璹在诗中记录了人们使用连枷为稻谷脱粒的场景：

霜降前后天气很好，秋风有力吹落树叶。
人们趁着此时手持稻穗为其脱粒，使用的工具连枷发出阵阵嘈杂的声音。
黄鸡啄食地上遗落的谷粒，乌鸟发出喜悦的鸣叫声。
人们回家后抖落身上的灰尘，晚上在屋里点燃柴火。

这是一副热闹忙碌的农家生活图景。霜降水初冷，秋高气清爽。农民在开阔的场地上，或手持稻穗摔打，或挥舞连枷打稻。饱满的稻粒应声散落，同时尘土渣屑漫天飞扬。在人们忙着扫拾聚拢稻粒的时候，黄鸡咯咯地跑来啄食地上的遗粒，乌鸟喳喳地在天上盘旋。一天忙碌下来，人们疲惫而充实。伴着夕阳，他们拍拍手上的尘土，抖抖身上的杂叶，准备回家烧柴做饭。

此后还有新的任务，那就是"簸扬"。农民在脱粒的时候，仅是将稻粒从秆上、穗上打落，其中掺杂了大量糠秕、秆屑、沙尘等杂物，因此有必要再将这些杂物分离出来，精选谷物。一般是在有风的天气里，人们会在扬场中用木锨将稻谷高高扬起，杂物一般比稻粒重量轻，因此会随风飘走。当稻粒落下后，就是比较纯粹的籽粒了。人们还常常用到簸箕完成这道工序。簸箕常由柳条或竹子编成，形状是三面而立、前面敞开，"窝深"而"掌平"，具有不撒粮食、簸物方便等优点。人们双手端住簸箕，轻轻晃动并向上扬起，稻粒在空中划出优美的曲线后悉数落入簸箕中，而杂物则随风飘落在农民前面的空地上。人们一箕又一箕地精选出没有杂质的稻粒，然后倒在一起收集起来，堆成"谷山"。

关于"簸扬"的过程，楼璹写道：

迎着风轻轻颤动簸箕、扬起谷物，糠秕杂物被风吹落。
倾倒的谷粒像下雨一样，细细碎碎。人们爱惜地摩挲着饱满的谷粒。
身着短裙打扫地面的妇女，把遗落的谷粒都留下了。
她哪里是计较粮食数量而贪图更多，只不过她不敢忘记凶年粮灾的教训。

由于簸扬出来的稻粒更加珍贵，因此还要再拾掇一遍地面。她小心翼翼地把遗漏在地上的籽粒汇集捡拾起来，不肯放过一粒。也许别人见到她的行为，会觉得她比较吝啬。其实她哪里是计较，只不过曾经凶年粮灾的痛苦经历让她难以释怀。在那嗷嗷无告的极端情况下，每一粒米都是人们生存的一线希望、一丝火苗。所以，妇女不敢大意放松，必须锱铢必较、尽收囊中。

簸扬之后，农民们的场院里堆满了一筐筐饱满圆润的稻粒，但不少稻粒还裹着坚硬的稻壳。至此，粮食的粗加工已基本完成，后续还有大量精细加工的工序。农民为了过上安生日子，还要一直忙碌下去……

粮言
——
稻谷要经过磨砺才能成为精米：坚实的稻粒在被捶打后才能脱颖而出，饱满的稻粒在被扬起后才能默默沉淀。而那些脆弱、轻飘的稻秆和糠秕，则会被舍弃。谷如此，人亦如此。

照人珠琲光

砻[1]

推挽[2]人摩肩,辗转石砺齿。
殷床[3]作春雷,旋风落云子[4]。
有如布山川,部娄[5]势相峙。
前时斗量珠[6],满眼俄[7]有此。

舂碓[8]

娟娟[9]月过墙,簌簌[10]风吹叶。
田家当此时,村舂响相答[11]。
行闻炊玉香,会见流匙滑[12]。
更须水转轮[13],地碓劳蹴踏[14]。

筛[15]

茅檐闲杵臼[16],竹屋细筛簸。
照人珠琲[17]光,奋臂风雨过[18]。
计功初不浅,饱食良自贺。
西邻华屋儿,醉饱正高卧。

——南宋·楼璹《耕图题诗》

---

1 砻(lóng):去掉稻壳的农具,形状略像磨。 2 挽:拉,牵引。 3 殷:雷声。床:此处指砻。 4 云子:形容白色的米粒。 5 部娄:小山丘。 6 斗量珠:形容珍贵。 7 俄:突然间。 8 舂(chōng)碓(duì):将稻谷加工成米粒或米粉的工具。 9 娟娟:美好,明亮。 10 簌(sù)簌:纷纷落下的样子。 11 相答:互相应和。 12 流匙滑:匙中米粒流滑。匙(chí)为盛食物的器具。 13 水转轮:水碓,利用水力舂米的器械。 14 地碓:掘地设置的舂米器械,靠人力脚踏。 蹴(cù)踏:踩踏。 15 筛:一种有孔的器具,可以把细物漏下去,粗的留下。 16 杵(chǔ)臼(jiù):用于舂捣的工具。 17 珠琲(bèi):珠串,形容筛好的米粒。 18 风雨过:形容筛中米粒翻落。

在稻田里，稻壳保护了稻粒的生长；在农场里，稻壳最难从稻粒上剥离。农民还要用很多办法来筛除稻壳，留下纯净的稻粒。

主要的工序有三个：人们首先要将稻谷放在砻里磨，磨破大部分稻谷的外壳，使之成为糙米。接着放到石碓的碓臼里，通过人力踏碓将糙米舂成精米，稻壳在碓臼会被舂成粉末。然后用糠筛过滤掉粉糠，用米筛筛出稻粒。这三道工序在楼璹的《耕图》及题诗里有所体现：

推拉砻的时候人们肩挨着肩，石齿之间反复碾磨。
发出阵阵声响如同雷声，白色的米粒像旋风一样落下。
堆积的粮食犹如山川排布，山头对着山头。
之前羡慕的珍贵之物，突然就出现在眼前。

砻是常用的去壳工具，形状像磨，由上臼、下臼、竹盘、推柄和支架组成。人们往砻上方的竹盘里倒入稻谷，利用推柄牵引砻转动，上下砻齿相互作用使得稻壳破碎，同时保证稻粒不碎。砻是比较费力的器械，通常需要多人协力使用，不过加工稻谷的效率倒是很高。伴随着轰隆的声音，破壳的稻谷纷纷从砻臼里落下，如同排山堆叠，着实壮观。这是人们此前歆羡、期盼的美景！

使用完砻之后，人们还要用地碓来舂捣稻谷，进一步脱皮去壳。地碓是从原始杵臼发展而来，构造也相对简单，主要利用了杠杆原理，杠杆的一头是安装好的杵头，杵头对准臼；另一头用脚踩踏，使杵杆抬起、落下，起到舂捣的作用。相比于原始的杵臼，地碓可以发挥双脚交替使用的优势，提高了劳动效率。另外，人们还利用水排原理，发明了水碓。水碓的动力来自立式水轮，轮上安装很多隔板，水流冲击隔板能够带动水轮旋转，随即牵引碓转动，杵头便会上下舂捣。理论上只要水流不停，水碓就会持续运作，这种自动式的舂捣就能节省下人力。

夜晚，月亮高悬在天幕上。农场里的人们在舂捣谷物，一声声碓头砸臼的声音错落响起。楼璹似乎嗅到了稻谷的清香，看见了籽粒的流滑，于是写道：

> 皎洁的月光越过墙头，风吹着树叶纷纷落下。
> 此时农民舂捣粮食的声音互相应和。
> 能闻到粮食的香气，能看见匙中米粒流滑。
> 还需要水碓多发挥作用，更要努力地踩踏地碓。

香滑的米粒是人们辛勤劳作换来的，诗人希望地碓和水碓能更高效，带来更多洁白纯净的籽粒。不过，经碓加工后的籽粒依旧混有杂质，还需要再进一步地精细筛选：

> 杵臼闲置在茅屋房檐下，竹屋里细致地颤动筛子。
> 筛出的米粒光泽照人，举起手臂筛粮，米粒翻落如同风雨来过。
> 付出的功劳本来就不少，能吃饱实在应该庆贺自己。
> 西邻华美屋宇里的子弟，吃饱喝足正在悠闲地躺着。

"筛"的工序通常会分为两道，第一遍用最细密的筛子筛掉糠粉、留下米粒，第二遍用适宜米粒大小的筛子筛掉米粒，留下不规则的杂物。当一粒粒光滑纯净、大小匀称的米粒从筛子中纷纷落下的时候，犹如一场酣畅的春雨，爽快地倾落，人们渴望丰衣足食的心情如同久旱的大地，得到了浇灌、滋养。他们应该为自己终有所得而好好庆贺，那些不参加劳动却能饱食度日的富家子弟更应该心存感恩。

从农民培育种子时的"嘉谷抽新萌"，到经历一道道工序后的"照人珠琲光"，稻谷实现了蜕变，人们也实现了心愿。农民对美好生活的无限希望和改造生活的无穷力量，都凝聚在这大半年的坚持和付出中。

生活还将继续，精神永远闪烁。

粮言

农活是『粗活儿』，又是去粗取精的手艺活儿；农民是『粗人』，更是粗中有细的手艺人。他们脚踩泥土，手握农具，经风吹日晒，历层层工序，把大自然的产物变为精细的食物，手艺可谓神奇、力量可谓惊人。

事粮保生

岁暮粟入庾

入仓

天寒牛在牢[1],岁暮粟入庾[2]。
田父有余乐,炙背卧檐庑[3]。
却愁催赋租,胥吏来旁午[4]。
输官王事了[5],索饭儿叫怒。

——南宋·楼璹《耕图题诗》

1 牢:关养牲畜的栏圈。 2 庾(yǔ):泛指粮仓。 3 檐庑(wǔ):檐下走廊。 4 胥(xū)吏:古代官府中的小官吏。 旁午:纷繁。 5 输官王事:指缴税。 了:了结。

入冬之后，天气开始转冷。

收割之后的农田变得荒芜空荡，见不到昔日农民繁忙的身影，那些勤勤恳恳的耕牛也在栏圈里静默不动。而粮仓门前倒是熙熙攘攘，好生热闹：人们要把加工好的粮食储存到仓房里。乡里乡亲互相帮助、团结协作，或用担挑，或用肩扛，或几人一起抬，把一筐筐用汗水换来的白雪般纯净的米粒运送进粮仓，密集排布、整齐堆放，为一年的辛勤劳作画上圆满的一笔。

"入仓"完成了，人们也终于可以放松休息。在一个阳光热烈的正午，老农搬出藤椅放在檐下走廊，闲适地卧着，让太阳温煦地晒着后背。他还沉浸在丰收的喜悦中，时常回味这一年来的甘苦，对好年景好收成津津乐道。看到此，楼璹用诗歌记录下这惬意的中午：

天气冷了，耕牛在牛圈里。年终粮食已经存入粮仓。
农民还有快乐的时光，卧在檐下走廊里晒后背。

这副景象是楼璹《耕图》的最后一幅，如果画面就停留于此，那倒是皆大欢喜的结局。可是楼璹的不凡之处在于，他并没有为了讨好君王而一味地歌功颂德，而是能客观真实地反映农民的生活境况，更能抱着对农民极大的怜悯之心为农民代言发声。楼璹的侄子楼钥，曾指出楼璹创作耕织图画以及题诗的初衷："笃意民事，慨念农夫蚕妇之作苦，究访始末，为耕织二图……"（《跋扬州伯父〈耕织图〉》）楼璹的创作是出于对宋高宗"务农之诏"的响应，但其立场却是关心民事、同情农民的辛苦。尤其是题诗，他在摸清并记录下农业劳作的基本步骤后，通常会表达出个人的评论，抑或在诗句中流露出个人的情感。这一点体现出他的君子本性、爱民情怀，难能可贵。

于是，在《耕图》"入仓"的最后，楼璹笔锋一转，揭开了农民的忧愁和官府的问题：

但是又很忧愁官府催缴租税，官员来得很频繁。
当缴税纳粮之后，孩子吵着要吃饭。

即便是今年颇有收获的人们,也仍要为度过年关而发愁忧虑,因为收租的官吏来了,来往得很频繁、征缴得很庞杂。老农年终的粮食,本要留为己用、养家安生,然而其中有不少还要作为税租上缴官府,所剩就寥寥无几。交完粮,农民的日子还要过下去。此时孩子肚子饿了,叫嚷着要吃饭。老农边做饭边盘算着今后该如何节省用粮,心乱如麻……

楼璹关于农耕的图和诗,到此结束。他的作品当时就广受好评,后世也出现了诸多以耕织为题材的类似作品。这些图绘,或是直接据楼璹摹绘而来,或是受其影响创作而成,影响很广、代代流传。尤其是清代,耕织图的社会影响显著提升:正式宣传载体不断丰富,版刻印刷、立碑刻石的现象在朝野时常可见;耕织图的作品元素开始用于文房用品、器物、家具、服饰等装饰图案,为广大百姓所喜闻乐见,这也扩大了耕织图的影响力。最重要的是,耕织图得到了作为一国之君的皇帝的高度重视,康熙、雍正、乾隆、嘉庆四代皇帝都依照楼璹体例亲自创作了《耕织图诗》,传达出他们重农、爱民的仁政思想。

耕织图的版本在不断更新,但楼璹作图作诗的初心却历久弥珍。他一直提醒着执政者和官吏,要知稼穑之艰难,念民生之不易,存爱民之心,崇节俭之化,轻租赋之敛,真正让田父有余乐!

粮言

事粮保生,着实不易!"一代代人奋斗不息",一幅幅画饱含甘苦。农耕之图,是千百年中华农业文明的结晶,描绘了古人励精图治、自力更生的精神图谱,铺展了光辉灿烂、震古烁今的历史画卷。

丁壮俱运粮

极边¹官军守战场,次边丁壮俱运粮。
县符旁午²催调发,大车小车声轧轧³。
霜寒晷⁴短路又滑,担夫肩穿牛蹄脱。
呜呼!汉军何日屯渭滨⁵?营中子弟皆耕人。

——南宋·刘克庄《运粮行》

---

1 **极边**:非常遥远的边境。 2 **县符**:县衙发出的文书。 **旁午**:四面八方。 3 **轧**(gá)**轧**:车轮发出的声音。 4 **晷**(guǐ):日影,比喻时间。 5 **屯**:驻扎。 **屯渭滨**:指平息战争,军民安乐。典故源自史籍中对诸葛亮北伐取得一定战果的记载,即"耕者杂于渭滨居民之间,而百姓安堵,军无私焉"(《三国志·诸葛亮传》)。

"自古道三军未动，粮草先行，兵精粮足，战无不胜。"（明·诸圣邻《大唐秦王词话》）

粮食既是民众的基本生活物资，又是国家的重要战略物资。粮食安全是国家总体安全的重要方面，是政治、经济、社会、军事等各领域安全的基础。尤其是战争时期，粮食的保障作用尤为凸显，体现了国家实力，决定了战争走向。

南宋，一个政治屈辱、军情紧张的朝代，失去了中国版图的"半壁江山"。南宋人与北方金人和蒙古人展开了长期的军事对峙。激烈的民族矛盾和频仍的战争冲突，激发出人们强烈的家国豪情，先后涌现出岳飞、陆游、辛弃疾、文天祥等爱国名人；同时，无休止的备战和应战势态也严重破坏了百姓的日常生活，人们始终笼罩在战争的阴霾之下。

诗人刘克庄生活的时代，正是南宋国势江河日下、战争频发的黑暗时期。有感于大局的动荡与颓势，刘克庄格外关心国家命运和百姓的安危，时常通过诗歌来抒发情感。他或因忧国而辗转"夜窗和泪看舆图"（《感昔二首》），或因愧疚而感慨"书生空抱闻鸡志"（《瓜洲城》），当然，更多时候他的诗句中充溢着对广大民众的同情怜悯：

在最遥远边疆的官兵驻守着战场，后方的壮年都在为他们运输粮食。

县衙广发文书，催促调拨粮食，于是大小车辆启程赴边，车轮轧轧作响。

天寒地冻，时间紧，路又滑，挑担的人肩膀被磨破，拉车的牛蹄子脱落。

呜呼！汉军什么时候能够屯于渭滨？军营中的子弟都是庄稼人。

做好粮食保障，既要有充足的粮食产量，更要有大跨度粮食调配运输的能力。战场前线十万火急，粮食供应必须及时且足量，否则浴血奋战的官兵将士极有可能陷入被动而命殒沙场。即便没有战争，驻守边疆的战士也需要持续的粮食补给。因此，后方运粮事务就格外重要。刘克庄的这首诗正是记录了后方丁壮为前线运输粮草的情景。战况紧急，调令频发，后方动众发车，浩浩荡荡。然而天气寒冷，任务急迫，运粮部队的处境十分艰难。不知他们还要历经怎样的磨难才能把粮食送至前线，也不知最终他们能否如期到达，更不知官兵们这一仗能否打胜。诗人无比希望他们能像诸葛亮麾下的汉军一样，有机会安稳地驻扎在渭滨，好好休养。等到寒冷的季节过去，冰雪消融、万物萌生，他们还打算回到心心念念的农田里，毕竟脱下军装，他们都是本分的庄稼汉。

想必刘克庄的内心是复杂的：官兵和丁壮们为了保家卫国而长途跋涉，这是正义之举；但是他们作为朴实的农民又本不该承受如此多的磨难和煎熬，这不是他们生活的常态。因此，诗人只能寄希望于战争早早结束，能让大家尽快休养生息，回归正轨。也许，他还期待再次听到车轮轧轧的声响时，不再是人们为了支援前线而出发，而是人们喜获丰收，向全国开展粮食贸易而集结的商旅车队。那时，人们的生活才是富足美好的样子。

其实，如果不是受政治、战争等因素的干扰影响，南宋时期人们的经济生活会更加繁荣，因为那时我国已经具有良好的交通条件和粮食流通体系。最初的粮食运输基本靠人们用麻袋、竹篓、扁担等工具装载粮食，凭借人力将粮食运送到各地。此后人们发明出"车"，并将其与牛马的动力结合起来，使驮运成为重要的运输方式，明显提高了粮食负载能力，也大大延长了运输距离。在水路方面，江河流水是天然的运输航道，古人充分利用丰富的自然优势，开凿了以"京杭大运河"为代表的南北交通大动脉。随着舟船工艺的改进，水路漕运在运载力、便利性、流通效率等方面都有了极大进步，为粮食运输出开辟了一个广阔的天地，使得全国形成了庞大的粮食贸易网络。南宋的思想家、政论家叶适在《上宁宗皇帝札子》里记载："江湖连接，无地不通，一舟出门，万里为意，靡有碍隔。民计每种食之外，余米尽以贸易。"可见，当时人们的正常生活是多么的便捷，活动空间有多么的辽阔。这正是刘克庄所希望看到的生活图景。

不过，在烽火连天的时代，庞大的运输网无奈承载了更多支援前线的运粮队伍。前方的将士在声嘶力竭地呐喊，后方的丁壮在栉风沐雨地奔赴向前。而广袤的良田，在等着它们的主人。

吟诗诵粮

粮言——粮食是守护着国泰民安军强的『万里长城』，而粮食运输就是人们在一砖一石、经年累月不断构筑长城和修复长城的过程。和平年代，人们因『粮食长城』而感到安心和自豪；战争时期，『粮食长城』因其高耸坚实而守住了人们的家园。

平阳米价低

杨柳阴[1]浓水鸟啼,
豆花[2]初放麦苗齐。
牙逢尽道[3]今年好,
四月平阳[4]米价低。

——明·于谦《平阳道中》

---

1 **阴**:通"荫"。 2 **豆花**:指豆类植物开的花。 3 **牙逢**:牙齿相遇,即见面说话。**尽道**:都说,都称赞。 4 **平阳**:即平阳道,在今山西省临汾、运城市部分区域。

天降祥瑞，粮食增产，五谷丰登，这是自然意义上的好年景。然而，粮食丰收的益处只有真正惠泽到百姓身上才有价值，否则只是单纯的物质积累，这涉及施政治理的社会意义层面。

在自给自足的原始社会，人口数量有限，粮食产量也有限，人们通过参加农耕劳动，勉强获取生活所需的物质资源。这是一种小范围、低层次、少欲望的生活形态。但随着社会经济的发展，人口快速增殖，粮食生产率提高，职业出现多元分化，民众生活越加丰富，经济结构也发生了变动。粮食不再是自给自足的"内部物资"，而成为面向全社会流通的重要商品。农民可以通过市场将剩余粮食售出，不直接从事农耕的人也能从市场中购得所需粮食。人们因为有粮食市场的保障，而有条件迈出步伐向更多新的领域开拓；也因为粮食价格的变动，而成为利益链条上的密切关联者。粮价，成为保障民生的关键点；而调节粮价以保持其相对平稳，是社会治理的重要手段。

粮食是根基性、战略性物资，因此粮价是百价之基，直接影响其他商品物资的价格的波动。凡物以稀为贵、因剩而贱。本质上，粮价的高低由粮食的产量决定。当遭遇天灾人祸时，粮食减产，粮价自然会提高。如果再加上有囤积居奇的商人从中作梗、恶意抬价，则会严重影响民生、扰乱社会稳定。因此古代执政者格外注重对粮价的管控，提出了粮价"常平"思想。

"常平"指的是常态化地保障粮价平稳、粮食需求与供应平衡。先秦时期的计然、范蠡、管仲、李悝等先贤认识到粮价与其他物价以及市场稳定的关联性，提出要通过宏观调控的方式来调剂余缺、稳定物价。总的原则是，在丰年粮多价低的时候，官府买进粮食进行储备，避免"谷贱伤农"影响生产热情；等到荒年粮缺价高的时候，官府出售储粮平稳粮价，避免"谷贵伤民"影响社会稳定。西汉时期的耿寿昌建议设立"常平仓"，密切注视庄稼的丰歉变化，以及市场粮食价格动态，及时收储和发放粮食。之后，常平仓在我国广泛实施。此外，粮食仓储功能的发挥还有赖于粮食调运，也就是使粮食在不同区域内流通起来。

总之，从社会治理来看，古代官府通过大量的收粮储备、有力地调运流通、及时地开仓放粮，调控了粮食供求关系，从而将物价控制在可掌控、可接受的范围，达到"常平"的效果。而生活在"常平"环境中的人们，心才踏实，日子才稳定。

粮价的"常平"，正是古代贤人志士"平天下"理念在经济层面的诠释，很多人也身体力行做出了成效，如明代大臣于谦。根据《明史》的记载，他十分重视农业生产，关心农民生活，对调节粮价、保障民生当有丰富经验和切身体会。他曾任河南、山西巡抚，在治理山西时颇有政绩，从这首《平阳道中》的诗歌中就可见一斑：

杨柳成荫，影很浓郁，水鸟在啼叫。
豆花开始绽放，麦苗长势整齐。
逢人说话就称赞今年是好年景，四月的平阳米价低廉。

诗人徜徉在平阳道上的美景之中，被杨柳树荫、鸟语花香所环抱。看着庄稼长势喜人、丰收在望，诗人颇有春风得意之感。不过，此时是四月，春夏过渡之间、青黄不接之时，也正是农民粮食匮乏的时候，往往粮价也是最贵的时候。然而，诗人用轻松的口吻得意地说：四月的粮价还很低！

诗歌中没有提及于谦及同僚们采取什么措施稳住了粮价，大概是薪火相传借鉴了传统经验。然而，诗歌中流露出诗人内心的喜悦和欣慰是真切的。人们兴奋、激动，对好年景的夸赞也是由衷的。

想必，当人们度过这一特殊时期，未来的生活会越来越好，富足又平稳。

粮言——从保障粮食产量到维护粮价稳定，从寻求自然有利条件到促进社会有效分配，人们的生活水平在不断提高，社会经济的形态在不断更新，粮食安全的内涵也在不断丰富。百姓对好年景的期盼，永恒不变。

事粮保生

卖得二百钱

卖得鲜鱼二百钱,
籴[1]粮炊饭放归船。
拔来湿苇烧难着,
晒在垂杨古岸边。

——清·郑燮[2]《渔家》

---

1 籴（dí）：买进粮食。　2 燮（xiè）：本意为调和。

食为民天，谷为民命。"风餐露宿"可以形容人们的敬业精神，但不能维系人们的生活状态。无论从事何种职业，人总归要依赖粮食。即便文学艺术造诣极高的郑燮（郑板桥）也深谙此理，没有丝毫矫情，不接地气。

郑板桥是清代康熙时期的秀才，著名书画家、文学家，是"扬州八怪"的重要代表人物。虽然他在文学艺术上负有盛名，但他并没有走"曲高和寡"的清高路线，为官理政是地地道道的"务实派""亲民派"。他曾任山东范县、潍县的县令，勤政清廉，体察民情，重视农桑，使百姓安居乐业，颇有一番政绩。最为人称道的是他在潍县任职期间，当地发生大饥荒。他体恤民生，全力救荒赈灾，开仓放粮，开厂煮粥，令百姓在大灾面前有活路生机，得到了人们的广泛称赞。

"得志则泽加于民"（《范县署中寄舍弟墨第四书》），为百姓谋利造福是郑板桥为官的宗旨、使命，更是他做人的价值追求。尽管他有众人钦羡的诗书画"三绝"，尽管他擅长兰、竹、石、松、菊等的艺术意象，尽管他最有资格阔谈风雅，但他最牵挂的还是平民百姓，最关注的还是人们的衣食住行。因此，他的诗文多为关心世务之作，反映民生疾苦、记录现实状态。

他对百姓的体察，细致入微，能够发现生活中那些平凡琐碎却饶有兴味的片段细节。例如，他就用诗歌记录了一位渔民的生活：

将鲜鱼卖了二百文钱，买了米粮，停好了船，准备做饭。

可是拔来的芦苇是湿的，难以燃烧，只能先在种有垂杨的古岸边晾晒。

诗中描述的情景，是渔民再普通不过的生活日常。诗句也是平淡浅白，没有奇崛惊人之语。诗渲染意境中也没有那些高洁清雅的艺术象征。但是，一位勤劳自足又略显朴拙的渔民形象被诗歌刻画了出来，他以及像他一样的普通劳动者才是社会的大多数、历史的主力军。他们身上留有浓重的时代印记。

郑板桥留意到，渔家的生活虽然是辛苦的，同时也是能够实现自养自足的。渔民常年摇晃在船里、漂浮于水上，靠捕鱼来维持生计。他们之所以能以此为生，要得益于社会分工的完善和市场交易的便利。即便他们不直接生产维持生存的粮食，也有机会从专门从事粮食生产的人那里获得粮食，还可以获取其他的生活所需物资。同理，别人也能从他们这里获得新鲜的鱼。不同职业的人能够彼此信任，把自己的生计所需交由别人来负责，互通有无、互惠共赢，这就是市场交易的重要价值。郑板桥的诗，在首句就开门见山地指出了渔民卖鱼和买米的过程，看似平平无奇的小事情，却反映出经济发展的时代大背景。

粮食作为基本生存资源，其贸易有着悠久的历史。在新石器时代晚期，随着粮食生产能力的提高，粮食有了一定剩余，私有制逐步产生。部落成员之间，以及部落与部落之间开始出现了包括粮食在内的物品交换行为。进入奴隶社会，手工业发展起来，城市开始繁荣，人们在自身生存需求之外有了更多的剩余和追求，促进了各类商品交换活动的逐渐盛行，而粮食仍然是最主要的部分。"商人"一词源自商代人的经商特长，据《管子·轻重甲》记载，商代的开国之君商汤就曾组织妇女用自己生产的纺织品去交换夏人的粮食，开了粮食贸易流通活动的先河。此后粮食贸易得到了蓬勃发展，出现了定期进行交易的贸易市场。唐宋之际，出现了规模化的经营粮食商业，粮行、粮铺遍布街巷，满足了百姓的生活需求。明代和清代时期，我国拥有世界最高的粮食产量，粮食贸易非常活跃，还在芜湖、长沙、九江、无锡形成了著名的"四大米市"。这些米市地处水稻产地，有稳定的粮食来源；同时位于江河沿岸，水陆交通发达，自然就成为粮食贸易的聚集地，极大地便利了人们的生活，也带动了经济社会的发展。

郑板桥笔下的渔家，并没有生活在江南鱼米之乡、富饶之地，但他也能将鲜鱼卖得二百钱，从而购回所需粮食。这是人类社会最简洁又最基本的生活模式。文明就是在这个基础上不断丰富提升的。

粮言——

生活的提升、社会的发展，自力更生是根本，互惠互利是动力。作为生活物资的粮食，保障了人类的永续发展；作为贸易商品的粮食，促进了社会的广泛交融。粮食经济贸易就是人类社会的安全保障网。

事粮保生

115

惜粮悯农

不能蓺稷黍	118
取禾三百廛	122
可食鲜可饱	125
寒馁常糟糠	129
飞蝗至枯茎	133
枯焦我田亩	137
尽去作商贾	141
田中谷自生	145
披蓑半夜耕	149
山中寒气多	152
拾穗不盈把	156
水车啼不歇	159
夏秋皆赤土	162
米船却翻回	166
有儿不暇乳	169

不能蓺稷黍

肃肃鸨羽[1]，集于苞栩[2]。
王事靡盬[3]，不能蓺[4]稷黍。
父母何怙[5]？悠悠苍天，曷其有所[6]？
肃肃鸨翼，集于苞棘[7]。
王事靡盬，不能蓺黍稷。
父母何食？悠悠苍天，曷其有极[8]？
肃肃鸨行[9]，集于苞桑。
王事靡盬，不能蓺稻粱。
父母何尝[10]？悠悠苍天，曷其有常？

——先秦·佚名《诗经·唐风·鸨羽》

---

1 **肃肃**：鸟翅扇动的响声。 **鸨**（bǎo）：一种鸟，群居于水草地区，性不善栖木。 2 **苞**（bāo）：草木丛生。 **栩**（xǔ）：柞（zuò）树。 3 **靡**（mí）：无，没有。 **盬**（gǔ）：休止。 4 **蓺**（yì）：种植。 5 **怙**（hù）：依靠。 6 **曷**（hé）：何。 **所**：住所。 7 **棘**（jí）：酸枣树，落叶灌木。 8 **极**：尽头。 9 **行**（háng）：羽茎。 10 **尝**：吃。

地势坤，厚德载物。扎根于土地的人们，不仅生活依赖于土地，而且感情也深系于土地。多少人终其一生，不过是为了在土地上能安稳地过好日子。然而，即便是这样再平常不过的需求，身处剥削环境中的古代农民也很难得到满足。

春秋战国时期，各国纷争，政权交替，战乱频仍，百姓的生活遭到重创。大量农民被征调到各地服徭役，有的被卷入到硝烟弥漫的战场，有的充当起工程事务的苦力，有的成为戍守边疆的防线。总之，他们无奈地抛家舍业、背井离乡，断开了与乡土的深厚联系。他们的生计不再依靠那片土地，而情感却始终扎根在土壤深处，难以剥离。

也许是在一个夜不能寐的夜晚，也许是由于感受到了秋天庄稼成熟的气息，一位离家很久的服役之人，孤寂地思念起家乡的麦田和久未联系的父母，于是喃喃道：

> 鸨扇动翅膀作响，成群栖息在丛生的柞树上。徭役无休无止，我不能回家种粮。父母靠什么养活？遥远的苍天啊，我何时才能返回家乡？
>
> 鸨扇动翅膀作响，成群落在丛生的酸枣树上。徭役无休无止，我不能回家种粮。父母吃什么？遥远的苍天啊，我何时才能不再奔忙？
>
> 鸨扇动翅膀作响，成群栖息在丛生的桑树上。徭役无休无止，我不能回家种粮。父母有什么能吃？遥远的苍天啊，我何时才能恢复正常？

他的行动没有自由可言，但思绪倒可以跨越千里。他本是家中的"顶梁柱"，对维系一家老小的温饱至关重要。尤其是与全家生计密切相关的农活，无论多么繁重，他都能任劳任怨扛起重任。从他被征调服役以来，不知过了多少个漂泊在外的年头。眼前又到了秋季，本该是他铆足干劲收获庄稼的时候，却受困异地、身不由己。他的思绪，在月光下不自觉地飘到了家乡，仿佛还嗅到了熟悉的泥土味道。全家以此为生的麦田早已荒废，年迈的父母此刻正在忍饥挨饿，自己何时能回家还遥遥无期，甚至有可能永远都回不去。

如果说自己在外吃苦受累还不是最大的悲剧，那么无力赡养老人才是对他最大的折磨。在中国传统观念中，"孝"是大德，是为人之本。能为双亲养老,就是"孝"的体现。养老的方式有很多种,最基本的就是为父母提供安身保命的食物。正如《礼记》里记载了曾子的话,"孝子之养老也,乐其心,不违其志,乐其耳目,安其寝处,以其饮食忠养之孝子之身终"。孝子应该终身致力于敬养父母,保障其饮食是底线。可是他目前的处境,自身尚且无力自保,又何以顾及老人的安危。"不孝",是他道德观念上的大忌,又是无法避开的事实。面临着无休无止的"王事",询问着杳无回音的"苍天",他只能反复地担忧着,哀叹着,苦恼着,绝望着……

一群鸨鸟,打破了夜的宁静。它们成排地栖息在丛生的树木上,扇动着翅膀,扑棱作响。这场景,似乎也很寻常,然而后人却从中品出了深意。《毛诗正义》有言:"鸨鸟连蹄,性不树止,树止则为苦。"鸨的生理构造,致使它们本不喜欢在树上停留。然而,它们竟违反本性栖息在树上,这是"为苦"的现象。后人认为,农民抛弃务农的本业而从事徭役,就像鸨鸟集结在树上一样,也是"为苦"。鸨鸟与农民,在此刻是同苦相连。

这种苦,后世仍旧延续着。汉代《古歌》倾诉得更加直、浅、白:"高田种小麦,终久不成穗。男儿在他乡,焉得不憔悴。"有如此命运的古代农民,不计其数,他们就如同云雾,在时间的长河中涣漫消散。然而,当拂去历史的尘沙,他们对乡土的眷恋和对父母的挂念,却清晰深刻。他们的诉求很质朴,也很简洁——我想回家,我想种地,我想养活父母!

这是人性的力量,能够穿透不公的待遇、黑暗的制度、身心的苦痛,而历久弥坚。

粮言

——乱世，就乱在有悖常理——最简单的诉求，反而最难求。让人们回归常态，安心种粮，尽心赡养，这是传统农业社会的根基。因此，盛世的标志便是：不违农时，不误农事，休养生息，安居乐业。

惜粮悯农

取禾三百廛

坎坎[1]伐檀兮,置之河之干[2]兮。
河水清且涟猗[3]。
不稼不穑,胡取禾三百廛[4]兮?
不狩不猎,胡瞻尔庭有县貆[5]兮?
彼君子兮,不素餐[6]兮!
坎坎伐辐[7]兮,置之河之侧兮。
河水清且直[8]猗。
不稼不穑,胡取禾三百亿[9]兮?
不狩不猎,胡瞻尔庭有县特[10]兮?
彼君子兮,不素食兮!
坎坎伐轮兮,置之河之漘[11]兮。
河水清且沦[12]猗。
不稼不穑,胡取禾三百囷[13]兮?
不狩不猎,胡瞻尔庭有县鹑[14]兮?
彼君子兮,不素飧[15]兮!

——先秦·佚名《诗经·魏风·伐檀》

---

1 坎坎:象声词,伐木声。 2 干:河岸。 3 涟(lián)猗(yī):被风吹起的水面波纹。 4 胡:为什么。 禾:谷物。 三百:意为很多,并非实数。 廛(chán):通"缠",古代的度量单位,三百廛就是三百束。 5 瞻:向前或向上看。 县(xuán):通"悬",悬挂。 貆(huán):猪獾。 6 素餐:白吃饭,不劳而获。 7 辐:车轮上的辐条。 8 直:水流的直波。 9 亿:通"束"。 10 特:三岁大的兽。 11 漘(chún):水边。 12 沦:小波纹。 13 囷(qūn):圆形的谷仓。 14 鹑(chún):即鹌鹑。 15 飧(sūn):熟食,此指吃饭。

不劳而获是可耻的，如果对此不以为耻反而觉得天经地义，甚至乐在其中，那就是可恨的。古代劳动人民对贪婪的剥削者恨之入骨。

艺术源于生产劳动。人们在劳动实践的过程中，或为了统一节奏、激发合力而创作了粗犷有力的劳动号子，或由于目有所见、心有所慕而创作了精致唯美的田园赞歌，或出于泄愤抒怀、抨击丑恶而创作了言辞犀利的讽刺诗篇。这些作品，是劳动者最真实的表达、最纯粹的艺术，因此十分可贵。在春秋时期魏国的一片檀树林之间，就诞生了一首饱含劳动者愤恨之情的诗歌，针砭时弊，警醒世人，传扬久远。

一群被征调服劳役的农民，长期被压榨。在一次伐木的过程中，他们身心俱疲达到了极限。看着剥削者们作威作福的嘴脸，又看到自由流淌的清澈河水，众人终于压抑不住心中的苦闷和怒气，开始敞开心扉，毫不掩饰地抨击：

砍伐檀树发出"坎坎"声响，把木头堆在河边，河水清清微波荡漾。不播种也不收割，为什么还能获取很多捆庄稼？不冬狩也不夜猎，为什么庭院能悬挂很多猪獾？那些君子们，不能白吃闲饭啊！

砍伐檀树做车辐，发出"坎坎"声响，把木头堆在河边。河水清清微波荡漾。不播种也不收割，为什么还能获取很多捆庄稼？不冬狩也不夜猎，为什么庭院能悬挂很多野兽？那些君子们，不能白吃闲饭啊！

砍伐檀树作车轮，发出"坎坎"声响，把木头堆在河边。河水清清微波荡漾。不播种也不收割，为什么还能获取很多捆庄稼？不冬狩也不夜猎，为什么庭院能悬挂很多鹌鹑？那些君子们，不能白吃闲饭啊！

善良质朴的农民，恨的不单单是有家不能回而在外伐木服役，他们更恨的是遇到了极其不公的待遇。高高在上的"君子"，一年四季都没有碰过农具和猎具，可是一到收成的时候，家里便呈现一派丰收的气象。农民常年为贵族雕梁画栋、修缮工事、制造马车而忍受沉重的身心负担，最终仍旧食不果腹、衣不蔽体。相比之下，"君子"们的生活实在是太清闲安逸了——清闲到冷酷的地步，安逸到残忍的程度。

无独有偶，还是在同一片区域，农民们又发出了哀怨声，他们把剥削者比喻成"硕鼠",对他们的贪婪加以指责:"硕鼠硕鼠,无食我黍!三岁贯女,莫我肯顾。逝将去女,适彼乐土。乐土乐土,爰得我所。"(《诗经·魏风·硕鼠》)人们受够了硕鼠的无尽索取,更丝毫得不到任何的照顾和安慰,于是在谴责、怒骂的同时,内心极度渴望摆脱有硕鼠的地方,奔赴那适宜自在的乐土。

他们果真能摆脱吗?很难!春秋魏国的硕鼠,一直活跃到一千多年后的唐代:"官仓老鼠大如斗,见人开仓亦不走。健儿无粮百姓饥,谁遣朝朝入君口。"(曹邺《官仓鼠》)"田园高且瘦,赋税重复急。官仓鼠雀群,共待新租入。"(齐己《耕叟》)时间的巨大力量,可以改变山形地貌,却无法改变鼠辈之流贪婪蛮横的脾性。古代的农民延续一代又一代人,尽管有时会在沉默隐忍中逐渐觉醒,又在怒火和勇气中舍身改变命运,然而在封建制度"吃人"的本质下,他们的生活只能循环往复,无法根本性改变被压榨剥削的宿命和境遇。

心怀天下、温谦敦厚的孔子曾提出:"有国有家者,不患寡而患不均,不患贫而患不安。"(《论语·季氏》)可是那些有着"君子"之名却实为鼠辈之流的当权者,又如何会从国和家的角度而感到"患",只会为着自己的"素餐",在收获的时候适时出现。

国家富强与民众温饱之间,被一个巨大的缝隙所割裂,那是由硕鼠式的"君子"所为。

粮言

农业社会里,农民就是最大的生产力,保护农民的生产积极性就是为实现国泰民安而积蓄不竭的动力。那些有恃无恐搜刮民脂民膏的剥削者,即便一时享有了"荣华富贵",也终究还是自断命脉、遭人唾弃的"粮耗子"。

可食鲜可饱

苕之华[1],芸其黄[2]矣。
心之忧矣,维其伤[3]矣!
苕之华,其叶青青[4]。
知我如此,不如无生!
牂羊坟首[5],三星在罶[6]。
人可以食,鲜[7]可以饱!

——先秦·佚名《诗经·小雅·苕之华》

---

1 苕(tiáo):又称凌霄花或紫葳,夏季开花。 华:同"花"。 2 芸(yún)其黄:黄色的花开得正盛。芸,花盛的样子。 3 维其:语气词,意思是"多么"。 伤:忧伤。 4 青青:通"菁菁",茂盛的样子。 5 牂(zāng)羊:母绵羊。 坟首:头大。坟,大也。 6 三星:泛指星光。 罶(liǔ):捕鱼的竹器。 7 鲜(xiǎn):少。

夏季正午，黄灿灿的凌霄花迎光透亮，这本是一番欣欣向荣的景象，然而更映衬出人们的悲惨凄凉。

西周末代昏君周幽王，贪婪腐败，不问政事，因宠幸褒姒而上演"烽火戏诸侯"的闹剧，激起了众愤，导致国家急剧礼乐崩坏、走向灭亡。乱世动荡，生灵涂炭，一位士大夫在看到社会衰败、民不聊生的现象以后，内心受到了极大的刺激。但他无力改变时局，只能用《苕之华》这首诗歌来排遣悲郁心绪。《毛诗序》对诗歌创作背景的解释是："幽王之时，西戎、东夷交侵中国，师旅并起，因之以饥馑，君子闵周室之将亡，伤己逢之，故作是诗也。"《苕之华》，虽然有着优美的诗名，却是一首君子悲悯时局的作品：

凌霄开了花，黄花真鲜艳。内心很忧愁，多么的悲伤！
凌霄开了花，叶子很茂盛。早知我如此，不如不降生！

凌霄花自由生长，花艳叶青，风姿绰约。相比之下，百姓在战争中离散，在饥饿中挣扎。生逢战乱荒年，人们竟不如花朵生活得自在安稳，因此诗人忧愁万分，心情也格外复杂。他很悔恨，既然要让他目睹如此人间惨状，内心受到如此煎熬，那一开始他就不该来到这个世上——对一位心怀天下、济世为民的君子而言，百姓承受着莫大疾苦就是自己的奇耻大辱，受辱的人生已毫无积极意义可言。

这位自责、自愧甚至自弃的诗人，失魂落魄地从白天游荡到晚上，从山坡游荡到河旁。他记下了一路上看到的画面和感想：

母羊头特大，鱼篓映星光。人有食可吃，很少饱肚肠！

母羊饿得瘦骨嶙峋，病恹恹地蜷缩在地上，头显得格外大。而鱼篓中也没有游动的鱼，水面平静纹丝不动，可以映射出天上星光。大饥荒的年代，百物凋耗，一片静默，毫无生机。诗人对此感叹道："人可以食，鲜可以饱。"人们饥困，很少能吃饱，这是客观情况。然而"人可以食"四字又如何理解呢？有的人认为应是"人何以食"的意思，即人们没有什么可以吃的，当然没法饱。有的人解释为"人可以吃到食物"，只不过勉强维持生存，很难吃饱。还有一种令人毛骨悚然的说法是，"饿得可以去吃人"，但这些人如同那头母羊一样枯瘦如柴，作为食物也难以填饱别人的肚子。这就是触目惊心、恐怖至极的"人相食"现象，历代史料上不乏相关记载。然而，这句诗是否真的指向如此残忍的事情，也许只有诗人最清楚，甚至凌霄花也能见证。后世的人们更愿意去进行温和一些的解读，满怀善意地推测他们还勉强有的吃，哪怕真相是极其惨不忍睹的。总之，无论采用何种解释，最终都不能否认当时人们吃不饱的事实，这是时代的悲剧。

这位士大夫经历了时局大动乱，也遭遇了人间大灾难，想必对社稷安危和民生福祸有更深的认识。粮食安全是国家大事，不能保障百姓的吃饭问题，甚至让饥饿成为普遍情况，那么再强大的国家都将土崩瓦解。况且再加上如周幽王造成的国家内部腐败、外部受敌的局面，更会加快国家崩盘毁灭的速度。因此，无数历史教训摆在眼前，也时刻告诫世人：爱惜粮食，爱护农民，守住粮食安全的底线，这是国家长治久安、百姓安居乐业的根本之计。只可惜，昏君对于这个最重要的朴素道理，却昏了头。

好在还有很多心系社稷、同情百姓的士大夫。他们的绝望和悔恨，在当时也只是一己之情，似乎改变不了什么。但那才是良知的种子，终究会把国家变成一片沃土，迎来丰年。

粮言 ——

有的吃、吃得饱,是人们生存的基本前提,吃得好、吃得雅,则是社会进步的一大标志。如果说中华文明之河源远流长、奔腾不息,那么粮食安全就是它的河床。当粮食保障不了,人们没得吃、吃不饱,文明就会枯竭,难以为继。

吟诗诵粮

寒馁常糟糠

代耕本非望[1],所业在田桑。
躬亲未曾替[2],寒馁常糟糠[3]。
岂期过满腹,但愿饱粳粮[4]。
御冬足大布[5],粗绨已应阳[6]。
正尔[7]不能得,哀哉亦可伤!
人皆尽获宜[8],拙生失其方[9]。
理也可奈何!且为陶一觞[10]。

——东晋·陶渊明《杂诗·其八》

---

1 **代耕**：指当官食俸禄，当官得到俸禄代替耕作的收入。　**望**：愿望。　2 **替**：停止。　3 **馁**（něi）：饥饿。　**糟糠**：用来充饥的酒渣、米糠等粗劣食物。　4 **粳**（jīng）**粮**：粳是稻谷的一种，黏性强、胀性小。此处泛指米粮。　5 **足大布**：满足于粗布。　6 **绨**（chī）：葛布。　**应阳**：应对太阳，指防晒。　7 **尔**：这，指上文的粳粮、粗布。　8 **尽获宜**：指各得其需，都很适意。　9 **拙生**：拙于生计。　**方**：方法。　10 **陶**：陶醉。　**觞**（shāng）：酒杯。

"纸上得来终觉浅，绝知此事要躬行。"读过再多的书，明白再多的道理，如果不亲自实践，那终究还是肤浅的碎片。这是南宋诗人陆游带给人们的启迪。

在陆游之前近八百年的东晋时期，归隐田园的陶渊明用他的亲身经历诠释了"民苦"的印象和"悯农"的情感——绝大多数处于社会上层的文人，只有从书籍和听闻中才有可能涉猎的话题——显然，这些经历并不是那么悠然淡雅。

陶渊明出身于落魄的官僚家庭，成长过程比较艰辛。在生活环境的影响和个人修养的塑造下，他既有文人的清高，又有亲民的质朴。对于人人羡慕追求的官场，尤其是黑暗的官场，他早已厌倦，反而觉得农耕生活才是他的归宿：

做官食俸并非我本愿，亲自耕作植桑才是要做的事情。

但真实的农耕生活，并非只有田园诗中描绘的幽静惬意的一面，更多的是人们与时节、天气、地势、水源、虫害等不可控因素抗争的艰辛，这样的经历只有"躬行"才能有所体会。一向内心纯净乐观、热情讴歌农村美好生活的陶渊明，也有无可奈何的时候：

我未曾停止劳作，但仍常常饥寒交迫，只能吃些粗劣的食物。
哪敢奢望吃饱肚子，只求能吃上米粮解决生计。
冬天有粗布御寒，夏天有葛布遮挡骄阳。
即便是这些，也很难得到，实在令人感到哀伤。
人家都各得其所，而我太笨拙，谋生无路。
奈何这道理没法讲，只能举杯痛饮，忘掉忧愁。

劳动不止，收获不多，"民生在勤，勤则不匮"的古训怎么就不奏效了呢？再清高的人，也离不开必要的餐食；再淡然的人，也不能对长远的生计问题视而不见。陶渊明在寒馁的处境下，吃着数量不多的"糟糠"，脑中全是疑惑，心里充满哀伤。看到别人家倒是能自力更生、获其所需，相比之下，他得出的结论是：自己笨拙，没有方法和方向。这一点，从《归园田居·其三》"草盛豆苗稀"的诗句中可见一斑。面临现实的打击，他苦闷地找来酒，痛饮一觞，聊以解忧……饮这一觞酒，与他"引壶觞以自酌，眄庭柯以怡颜"（《归去来兮辞》）时欣喜自得的心境，可有着天壤之别。

如果说，陶渊明是因为前半生接触农村少，又并非地道的"庄稼人"而感到农耕生活的艰苦不易，那么长年与农田相守的农民，是否会生活得更好一些呢？也未必。从诗歌中看，陶渊明带着羡慕语气而说的"人皆尽获宜"，所获无非就是充饥用的粳粮、御寒用的粗布、防晒用的葛布，这些都是维持人们温饱最基本的物资。从人类生存需求的层面来看，这已经是底线，不能再少了。这些农夫固然要比作为文人的陶渊明更懂得如何跟农田打交道，但也仅仅是经验更多一些、技术更好一些、产量更高一些，还谈不上凭此能让生活有质的改善。要知道在魏晋时期，国家还处在分裂状态，社会动荡不安，普通老百姓几乎没有安生的日子，更不用说富裕的生活。哪怕只是满足最基本的生活需要，人们也要筋疲力尽、皓首务农，能有糟糠可食，能安稳度过余生，也绝非易事。

创作此诗的时候，陶渊明已经五十岁，虽然他一直力图自勉，但也难免偶尔叹老伤时、迷茫哀忧。陶渊明的忧愁，在老农夫眼里似乎也见怪不怪了。生活本身就是残酷的，清风明月在生存难题面前，仅是自然现象而已。很多人终其一生，只是在与饥饿做抗争。他们没有时间思考，没有精力抱怨，更没有闲暇审美。既然走不出生活的牢笼，那还不如埋首照顾好身下一粒粒蕴含着一丝生存希望的种子。这显然更切合实际一些。

陶渊明不过是用他清新朴直的诗歌，还原了农耕生活的本来面目——也只是冰山一角。

粮言 ——

惜粮之源,在于产粮之难;悯农之源,在于农民之苦。惜粮悯农的朴素情感,也许人人都有。但是要由衷而发,情至深处,唯有真种粮才能真惜粮,真当农才能真悯农。这方面,陶渊明是表率。

飞蝗至枯茎

春来耕田遍沙碛[1]，老稚[2]欣欣种禾麦。
麦苗渐长天苦晴，土干确确[3]锄不得。
新禾未熟飞蝗至，青苗食尽馀枯茎。
捕蝗归来守空屋，囊无寸帛瓶无粟。
十月移屯来向城[4]，官教去伐南山木。
驱牛驾车入山去，霜重草枯牛冻死。
艰辛历尽谁得知，望断天南泪如雨。

——唐·戴叔伦《屯田词》

---

1 **沙碛**（qì）：不生草木的沙石地。 2 **老稚**：老人和小孩。 3 **确确**：土块坚硬的样子。 4 **移屯**：迁移屯田。官府直接组织戍卒、农民或商人垦种荒地征取收成作为军饷和税粮，这种集体耕作制度称为"屯田"。 **向城**：靠近城市的地方。

什么样的生活最无助？大概是没有选择权的生活。

唐代诗人戴叔伦在《屯田词》中展现了屯田生活的三个片段，鲜明刻画出农民无路可走、无计可施、无可奈何的生活状态：

> 到了春季耕种时节，农田里全是沙砾。老人和少年满怀希望地去种植禾麦。
>
> 麦苗渐渐长高，但天气总是晴朗不下雨，致使土地干燥板结，人们无法锄地。

为了筹集更多的军粮，官府会组织官兵、农民等迁徙垦殖。他们屯驻的地方，通常比较边远荒凉，待垦的土地很多是布满沙砾的"野生地"，这给耕种增加了难度。青壮年都入仕或参军了，留下的老人和孩子反倒成为屯田劳作的主力军。面对无尽的荒地，他们没有退路，只能欣然接受，相互扶助，让禾麦尽快扎根、成长。然而，天公不作美，烈日曝晒使土地变得更加坚硬板结，这让本就体弱无力的老少如何锄得动？

祸不单行，紧随干旱而来的，是更加可怕的蝗灾：

> 庄稼还未成熟，就遭遇了蝗虫，那青青的禾苗被啃食得只剩下枯茎。
>
> 驱捕蝗虫后，回到空空的房屋，看到袋子里没有布帛，瓶罐中也没有粮食。

老少们克服了万难才看到了庄稼抽穗结籽的希望，但还没等到它们成熟的那一天，就被遮天蔽日的蝗虫扫荡一空，徒留一地狼藉的枯枝、败叶和残茎。人们一定是极度愤怒的，使出了所有的力气来消杀蝗虫。不过，庄稼终究是被糟蹋掉了，这一年丰收的期望也化为了焦土，他们显然没有办法挽回和弥补。当他们拖着疲惫的身躯回到空荡荡的屋里，看着眼前一贫如洗的样子，想着自己一无所有的处境，心情该有多么的沉重！

无助的人生是可怜的，苦难还是接踵而至。屯田农民不仅要面对秋

天没有收成的残酷现实,还要被迫完成冬天的劳役:

> 十月的时候,转移驻守靠近城市的地方,老少被官兵派到南山中伐木。
> 驾着牛车进入山里,严寒霜重,草都枯败,牛也被冻死。

进入冬季,屯田里无事可做。屯田官兵迁移屯驻到新的地方。这些老少又被分派到进入南山伐木的差役。他们深入到山林里,赶上了严寒天气,地上结着厚霜,林草被冻得蔫枯,拉车的牛竟被冻死。"囊无寸帛"的老少,能扛得住山里的寒气吗?即使他们能渡过这个难关,又能否顺利完成伐木的任务呢?完不成的话,这些老老少少又将面临什么?他们对自己的生活,没有选择权。

上天不言,命运弄人,诗歌写到这里,不禁让人心酸:

> 艰辛经历谁能知道?只好向南仰望天空,眼泪如雨水般簌簌落下。

这伤心的泪水,是谁流的?

也许是被困在南山里的老少——他们忍受着饥寒,回想着过往的不幸遭遇,在绝望的阴沉中努力抬头望一眼南边的天空,那是故乡的方向。他们眼角流出两行温热的泪,很快便被寒气凝结成霜。

也许是诗人戴叔伦——没有史料能证明他是否就是屯田队伍中的一员,大概他有过屯田的亲身经历,而诗中写的就是他的身边人;也可能是他听到了此类的故事,深受震撼,于是在书斋中把这些悲苦的老少融进自己的诗歌创作中。他的泪水,是对底层农民怜悯的泪,是为国计民生忧虑的泪,是替天下苍生祈福的泪……

男儿有泪不轻弹,除非看到了人间大苦。

粮言

屯田制度是古代扩大种粮的良方,对强军卫国起到积极作用。然而,在『平天下』的宏大格局中,能否兼具『安民生』的细微关照,是一个政权是否得民心的关键。屯田要依靠人,屯住人就能有更多田。

吟诗诵粮

枯焦我田亩

太阴不离毕[1],太岁仍在午[2]。
旱日与炎风,枯焦我田亩。
金石欲销铄,况兹禾与黍。
嗷嗷万族中,唯农最辛苦。
悯然望岁[3]者,出门何所睹。
但见棘与茨[4],罗[5]生遍场圃。
恶苗承沴气[6],欣然得其所。
感此因问天,可能长不雨?

——唐·白居易《夏旱》

---

1 **太阴**:月亮。　**毕**:古代二十八星宿之一。　2 **太岁**:太岁星。　**午**:地支之一,代表五月。　3 **望岁**:盼望丰年。　4 **棘**(jí):带刺草木。　**茨**(cí):蒺藜,此处指有害杂草。　5 **罗**:罗列。　6 **承**:依托。　**沴**(lì)**气**:灾害不祥之气。

扑面而来的热浪，干燥窒息的土腥，烈日炙烤的眩晕……

夏旱场景进入到白居易的诗歌中，让人气息封裹、通体闷热、浑身无力，已经不忍卒读了。然而，农民的生活不会因此而停滞，总要艰难地熬下去。

这一年的干旱，是正常的自然现象：

月亮没离开毕宿，太岁星处在五月，从星象上看，这是旱年的特征。

"毕"是星宿之一，月亮（太阴）在毕宿的时候是旱年，离开毕宿是水年；"午"是地支之一，代表五月，太岁星在五月就是旱月。这是古代劳动人民总结出来的天文知识，为这次夏旱的发生提供了理论依据。虽然理论有溯源，但改不了现实残酷的一面。这样的气象环境，对农业生产是极其不利的：

烈日、热风，让我的田地如同被火烧了一样的焦枯。
即使是金属和石头都会熔化，何况这些庄稼。
在哀叹的众人中，农民是最辛苦的。
可怜那些祈盼丰收的人们，出门看到的田地竟是这番景象：只有荆棘杂草，密密麻麻地长满农场园圃。
那些恶苗借着不祥之气，反而扎下了根，欣欣向荣。

日烤风烘，天地成为一个大热炉。处于其间，就算金石有着坚硬无比的质地，仿佛也要熔化了；而禾黍本就幼嫩弱小，又如何经受得了炙热的摧残。人们希望庄稼能坚挺强壮，无奈还是化为焦黄的枯槁。

天气炎热干旱，众人叫苦埋怨。有的因为酷暑难耐，身体不适；有的因为烈日当头，影响活动；有的因为条件不利，耽误生产。天灾面前，众生皆难，各有各的忧愁和烦闷，然而这其中最受伤害的，非农民莫属了——他们失掉了维系生存的口粮。

在自然法则面前，人们也只能被动接受眼前的事实：庄稼没有金石之躯，枯焦了也无可厚非。然而，人们心里又愤愤不平：为何同样是植物,荆棘和杂草却能生存下来,而且还以"罗生"的姿态占据了场圃?另外,既然庄稼不能存活,那为何庄稼中的恶苗反倒"欣然"地活了下来,而良苗却干枯了?大自然的法则是公平的吗?似乎是故意惩罚农民一样。

于是,他们在烦闷、苦恼、困惑和愤慨中,缓缓张开干裂的嘴唇,无力地询问上天:

怎么能这样长久不下雨呢?

上天当然不会有任何答复,一切如同往常。烈日依然高照,热风仍旧燥人,在"沴气"的助长下,除了粮食以外的恶苗杂草,长得还是那么蓬勃顽强。

农民们素面朝天,默默忍受,苦苦等待。一向密切关注民生的白居易,对此深有触动。他是朝廷高官,是著名文人,地位身份与穷苦农民有着明显差别。但他能站在农民的立场去体会他们的感情状态,记录他们的艰难处境,揭露他们的苦难枷锁,鼓励他们去勇敢生活,实在难能可贵。他还见过很多其他处在社会下层、挣扎在生存线上的贫苦人民,比如卖炭翁、杜陵叟、捕蝗子、采地黄者,等等,对他们无一不是投以巨大的同情和怜悯,并用诗歌为他们呐喊发声。

白居易这样善良的心地,透射在他"诗歌合为事而作"的文学理念上,体现在他平易通俗"老妪能解"的语言风格上,随着他对人民疾苦的敏锐体察和热切关照而永载史册、彪炳千古。

古往今来,"枯焦我田亩"的情况屡屡发生,农民无能为力却也司空见惯了。但像白居易一样,能让农民心里有慰藉、重燃起希望的人,又有多少呢?

粮言——

干旱能让粮食焦枯,能让农民嗷嗷,这是大自然的威力;但是干旱不能阻止人们求生,也不能迫使人们放弃思考,这是人类的毅力和韧性。当人们坚持战胜困难、想方设法改造自然的时候,那干燥焦黄的土地里,就开始蠢蠢欲动了。

尽去作商贾

客行野田间,比屋[1]皆闭户。
借问屋中人,尽去作商贾[2]。
官家不税商[3],税农服[4]作苦。
居人尽东西[5],道路侵垄亩。
采玉上山颠[6],探珠入水府[7]。
边兵索衣食,此物同泥土。
古来一人耕,三人食犹饥。
如今千万家,无一把[8]锄犁。
我仓常空虚,我田生蒺藜[9]。
上天不雨粟[10],何由活烝黎[11]。

——唐·姚合《庄居野行》

---

1 **比屋**:相邻的房屋。 2 **商贾**(gǔ):泛指商人。 3 **税商**:征税于商人。"税"用作动词。 4 **服**:从事。 5 **东西**:东奔西走。 6 **山颠**:即"山巅"。 7 **水府**:传说中龙王的住处,这里指水的深处。 8 **把**:持,拿。 9 **蒺**(jí)**藜**(lí):长有细刺的野生草本植物。 10 **雨粟**:落下粟米。"雨"此处用作动词,落下。 11 **烝**(zhēng)**黎**:百姓。

在农田里辛勤劳作的农民，再苦再累，也心安理得。然而，真正能耗竭其身心甚至压垮他们生活的，是永无尽头的苛捐杂税。

于是，有的人面对"苛政猛于虎"（《礼记·檀弓下》），选择了与猛虎相伴；有的人面对"赋敛之毒有甚是蛇者"（《捕蛇者说》），选择了冒死以捕蛇为生。他们世代为农，安土重迁，不到万不得已又怎能忍心离开家园、舍弃本业？但终究是痛下决心走上了另一条凶险的道路——他们被迫成为勇敢者，也是逃避者。

姚合是中唐时期的著名诗人，在仕途上历经多年。曾经担任陕西武功县主簿，主要负责记录当地日常所发生的大事以及各类文书，用以编纂县志。这个差事就是地方发展情况的书记员，需要眼观六路、耳听八方，能细心发现和勤于收集当地各个方面的重要信息。对于情思细密敏锐的诗人而言，不难做好，并且往往能从平常中发现不凡、悟出深意。有一段时间，姚合在农庄闲居，在散心抒怀的同时还可以到乡间采风，为诗歌创作寻找灵感。不过这一天到野外短行的他，诗情全被现实的残酷所裹挟：

我作为外来客在山野田间行走，发现村庄中连排的房屋都关门闭户。这才打听到，屋里的人都去做生意了。

诗人偶然一次来到乡间，却发现竟是一个"空村"。这里没有升起缕缕袅袅的炊烟，也没有怡然自乐的黄发垂髫、挨家挨户紧闭的大门，让这里格外清冷空寂。为什么会是这样？"客行"而来的姚合心中充满了疑惑。但是此处显然无人问询，他一定费了不少周折，才辗转打听到其中原委——大家都去从商了。

官府不向商人征税，偏偏征缴农民，使其从事辛苦的劳役。
在这里居住的人东奔西走谋生路，以至于人来人往把农田踏成了道路。

原来，乡间农民为了逃避沉重的赋税，纷纷放弃务农而转向缴税很少的商业。他们接踵奔赴异乡,使得祖辈传下精耕几代的良田成为他们谋生的"阡陌交通",人流往来、尘土飞扬。

姚合所处的时代,刚刚经历过"安史之乱"的动荡。官府对户口及田亩的管理几近失控,土地兼并更是愈演愈烈,赋税制度非常混乱,阶级矛盾十分尖锐。为了尽快平复社会秩序、恢复经济发展、增加财政收入,唐德宗时期的宰相杨炎建议改革税制,将之前的"租""庸""调"各种名目归并简化,实行按照居户财产情况分夏、秋两季征收税金的"两税法"。从制定政策的初衷来看,两税法相比以往的税制更加公平合理,在一定程度上减轻了广大贫苦人民的税收负担,是一个历史的进步。尤其规定对于没有固定住处的商人,依其收入征收三十分之一的税,这有利于商业发展。然而这种税制依据贫富分等征税,明显触犯了资产庞大的贵族阶层的利益,遭到了激烈反对。两税法实行之后三十年,在执行层面已经发生了很大的偏差,几乎名存实亡。一些贪官在两税定额之外巧立名目,敲诈勒索,横征暴敛,百姓的生活又陷入水深火热之中。

姚合在诗中描绘的场面,就是以此为背景。与姚合同时代的诗人张籍,也有类似的诗句可以佐证——"农夫税多常辛苦,弃业宁为贩宝翁"(《贾客乐》)那时的农民在交"两税"的基础上,还要担负各种苛捐杂税,苦不堪言。于是,他们无奈选择从商,毕竟商人缴税负担要小一些。就这样,他们背井离乡,过上了居无定所、行色匆匆、前途未卜的生活。

他们登到山巅采美玉,潜入深海求宝珠。
可对于急需衣食的边疆士卒来说,这些珠玉如同泥土。

但是从商又谈何容易!质朴的农民没有足够的资本开展商品贸易,只能从开发货源做起。他们上山下海、铤而走险,为的是找到珍奇的宝物,能在市场上卖个好价格。然而这些货物,与国计民生无关,大多是满足富贵人家对奢侈生活的追求。但这是农民们被迫找到的求生之路,除此别无他法。于是,姚合感慨:

自古以来,一个人耕种的粮食,三个人都不够吃。
现在成千上万的人家,竟没有一个人拿着犁锄耕田。
粮仓经常是空的,农田也荒废到长出野草。
上天不会落下粮食,百姓有什么办法生活?

  一心种粮,却没有粮吃;生而为农,却不去务农。让农民的生活无依无靠、本末倒置,均由苛政所致。可悲可叹!

粮言

古者分『士农工商』四民,各具特性、各有所职、各尽其责,均是保障社稷安稳的重要支柱。盛世仁政能让人们各安其位、勤勉创业、怡然自得;乱世暴政则恰恰相反。然而无论何时,最广泛、最根本的『农』都最不应穷途末路。

田中谷自生

半夜呼儿趁晓耕,
羸¹牛无力渐艰行。
时人不识农家苦,
将谓²田中谷自生。

——唐末五代·颜仁郁《农家》

---

1 羸(léi):瘦弱。　2 将谓:以为。

人的无知，通常是由经历局限、信息闭塞所致。人非万能，无法全知，因此，一定程度上的无知也是人之常情。然而，有些无知的人并非因为信息的不可得，而是不屑于去求知。这种"无知"充斥着对"有知"的轻蔑甚至是侮辱。这是令人难以接受的。

　　封建社会的一些贵族，由于出身高贵而自带优越感，很难真正尊重和重视底层农民。并且在他们的意识中，至圣先师孔子也是鄙视体力劳动的，更为他们轻视农民的思想行为提供了"合理性"依据。饱读诗书的贵族们习惯引用《论语·子路》中的例子：孔子的学生樊迟请教老师如何做好农业种植，孔子认为自己"吾不如老农"而委婉答复，随后评价樊迟是"小人哉"。这个评价，使得贵族们认定孔子是不屑于了解农林等底层事务的，也以此为正统的道德准则而名正言顺地效仿起来。

　　其实，这是很大的误会，一个让孔子、樊迟和老农都被曲解的偏差。孔子被误会，在于他评价弟子之后其实还跟进了一段解释，却被人忽略了。他认为每人都有自己的本分本职，要做自己应当做的事情。身处高位的执政者、管理者，就要考虑高位所及的事情，如果做到了"好礼、好义、好信"，那么就会获得人民的爱戴和归附，"焉用稼"？孔子批评樊迟，只是因为他身在仕途，应该考虑大局、立德安邦，而不能再局限于种粮种菜的具体事务中，否则就是本末倒置。哪里否定了农业的重要性？况且孔子还在弟子面前谦虚地承认自己不如老农！至于樊迟，更是被误会了。老师批评他为"小人"，并不含有道德上的意义，只是因他格局不够、眼界不高而达不到孔子心目中"君子"的标准。此处的"小人"无非就是"凡人"而已。还有农民也是无故被贬低的，虽说阶级地位不高，但作用巨大，孔子和弟子们也未曾否定和蔑视过农民。

　　然而，历史性的误会毕竟还是产生了，孔子成为一个"高高在上"的人，被农民讥讽为"四体不勤，五谷不分"（《论语·微子》）；而农民以及田间的生活被那些"高高在上"且真正无知的人，理所当然地轻视了——就像这首《农家》里提到的：

半夜喊醒孩子，趁着天蒙蒙亮去耕田。瘦弱老牛无力地在田里艰难犁行。

　　那些人不知道农民的辛苦，以为田里的粮食是自然而然生长出来的。

　　农民早出晚归，躬耕农田，他们的生活状态与老牛如出一辙，羸弱又艰辛。然而那些贵族对此毫不关心，对最基本的常识更是一无所知。他们脱离土地太久，锦衣玉食早已习惯。不知是什么契机让他们思考了"田中谷"如何而生的问题，当得出"自生"的答案时，"愚蠢""无知"等词汇似乎已经不能形容他们了。因为其背后隐藏着他们漠视百姓生计安危、大肆搜刮民脂民膏的罪恶勾当，这岂止是单纯的愚蠢无知？

　　诗人颜仁郁抱着怜悯之心观察着农民的疲态和贵族的嘴脸，他用简短的诗句精妙传神地揭露了社会的黑暗，耐人寻味、发人深省。与他同处一个时期、创作同样题材诗歌的同人，也不乏其人。例如，聂夷中创作了《公子家》："种花满西园，花发青楼道。花下一禾生，去之为恶草。"贵族家的花园，也许不久前就是一片丰收的沃土，如今被占用并装饰成了富丽堂皇、繁花锦簇的花园。那原本潜藏的粮食种子，凭着顽强的生命"不合时宜"地萌发在花丛之中，反而被当成了"恶草"。这颠倒是非的行为，让人唏嘘不已。还有一位诗人孟宾于，创作了《公子行》："锦衣红夺彩霞明，侵晓春游向野庭。不识农夫辛苦力，骄骢踏烂麦青青。"穿着鲜艳华丽的纨绔子弟，清早结伴到野外春游。行至农田，他们认不得也根本没有顾及农民辛苦种出的庄稼，兴起之时纵马奔驰，踏烂了青青麦苗。贵族的身份再光鲜亮丽，也掩盖不了他们骄侈蛮横的恶劣行径。

　　世间的不公平大抵如此，可怜的是勤恳朴实的劳苦大众，可恨的是荒淫腐朽的无知者。对此，有仁德善心的人会常常想到屈原《离骚》中的诗句——长太息以掩涕兮，哀民生之多艰！

粮言

古代农民地位低微，种粮不易，生活更难。他们也许没有奢求能被褒扬和厚待，可以安稳地自食其力就很幸福。但即便如此也很难如愿，毕竟在他们之上还有无数『时人』依赖他们的付出，甚至会践踏他们的的成果又轻蔑他们的生命。

吟诗诵粮

披蓑半夜耕

雨足高田白[1]，
披蓑[2]半夜耕。
人牛力俱尽，
东方殊未明[3]。

——唐末五代·崔道融《田上》

1 **高田**：山上的旱田。**白**：白茫茫。 2 **披蓑**（suō）：披着草衣。 3 **殊**：还。**未明**：没有天亮。

农民之苦，在于身心俱疲。

身疲，是极度又无尽的劳累；心疲，是力不从己愿的憔悴。唐代诗人崔道融，在一个乡村雨夜里深刻体会到了这一点。

崔道融是湖北人，他一生当官和游历的地方多在江南地区，因此这首诗很有可能记录的是江南梯田里的耕作场景：

雨下得很充足，连高处的田里都积满白茫茫的水。
农民半夜披着蓑衣，冒着雨来到田里耕作。
等到人和牛的力都筋疲力尽的时候，天还远远未亮。

水往低处流，这场雨下得确实很充沛，否则位于高处的田地也不会灌满水。伴着雨水，月光朦胧地洒下，映照着高田积水而泛起粼粼白光。久旱不雨的时候，地面干燥龟裂。板结坚硬的土质，无法让任何庄稼扎根生长。此时，能有一场倾盆酣畅的大雨，实在是宝贵！

农民们凭着丰富的种粮经验，意识到要马上行动起来，耕犁农田。然而现在已是夜间，冒雨进入光线不足的农田里，非常不便，甚至还有很大的安全隐患。对靠天吃饭的农民而言，这是向老天争取收成的难得良机。若等到天一亮、雨一停，烈日曝晒，土壤又会变得像石头一样，那岂不是耽误春耕大事！于是，人们无暇忧虑，迅速披上蓑衣，拉着耕牛，举着忽明忽暗、时不时会被雨水浇灭的火把，一脚深一脚浅地蹚进了农田里。

这一夜，农民和耕牛要完成特殊状态下的耕地任务，想必是极其艰难的。播种本身已不易，还要克服雨水、黑暗和泥泞的额外干扰，不仅劳动量超负荷，而且客观环境还给劳作增加了很大的难度。没多久，农民就筋疲力尽，耕牛也力竭而卧，但是仍旧还有很多田地没有耕犁完，人和牛要在这似乎无尽的黑夜里继续坚持、挣扎……

"披蓑半夜耕"的场景，被崔道融用简练直白的诗句勾勒出来，读起来平实无华，但细细琢磨，其中满是农民的艰辛和无奈。

农民雨天抢种，多是因为前期久旱干燥。这个背景诗人没有明确写出，但留出了很大的想象空间。人们是多么渴望一场及时雨啊，这场雨再不来，错过了播种的农时，代价将是惨痛的。农民焦急、躁动又无可奈何的心，可想而知。

终于，这场期盼已久的雨，姗姗来迟，却又异常猛烈。大家还来不及狂喜，就被眼前的难题给难住了——为何偏偏是在夜里下雨，去耕地着实不便，不去就有可能错过良机。农民又陷入进退两难的境地。

当人们鼓起勇气，力争在天亮前耕完所有田地的时候，他们又发现这些农活儿是干不完的。他们不希望早早天亮，因为担心白天雨停日晒不利于耕田，可是面对繁重的农活，大家如何熬过这漫长的夜？他们又期待早早天亮，因为也许只有天亮才能宣告他们可以休息，可是面对广袤且尚未耕过的田地，他们哪有借口懈怠！

拖着疲惫透支的身躯，农民们复杂、矛盾和无所适从的情绪，是难以言说的。

然而，这个雨夜，仅仅是农民一年忙碌的开始。即便这次耕地成功，那么后续还将面临无数个盼雨的白天、下雨的黑夜，还要去做诸如播种、施肥、浇水、驱虫等一系列田间管理事务，还会有各种突如其来的状况要去应对。这一切都是为了秋季的收获。秋季能否丰收还是未知，就算丰收了，他们向官府上交租税后自家还能有多少余存？能够养活家人吗？

他们的生活状态，就如同这个迫不得已而向农田逆行的雨夜，在昏暗的月光下，开始了无休止的劳碌。他们与牛相伴，既盼天明，又怕天明，而天也很难明。

更糟糕的是，黑夜会让很多崔道融看不清这里发生的一切。

粮言——

身体上的疲惫尚可休养恢复，而心绪上的迷茫却很难拨云见光。农民的诉求是质朴的，遇到的挑战又是艰巨的。当他们长时间只能被动适应环境、无法突破枷锁的时候，内心定是受挫的。或许，先进的农业技术能给他们一个突破口？

惜粮悯农

山中寒气多

圩田[1]依涧水，
入夏未栽禾。
不是春耕晚，
山中寒气多。

——南宋·胡仲参《圩田》

---

1 圩（wéi）田：又称"围田"。中国古代农民发明的改造低洼地、向湖争田的造田方法。

三才者，天地人。农业的发展格外注重顺天之时、因地制宜、尽人所能，三才都很重要，缺一不可。

天时和地利是客观存在，是农作物存活生长的前提条件，人们无法否定、忽略。不过，人是有智慧的。经过千百年来在天地间艰苦的摸索、实践，人们逐渐掌握了天的规律，摸清了地的特点，也尝试着变被动依赖为主动争取，去与天地交谈、向自然索利。

在人们的不懈努力下，很多能够有效优化自然条件的技术相继出现，为保障人们丰产富足发挥了巨大作用，也成为非常宝贵的文化遗产。起源于春秋时期江南地区的"圩田"，就是一个典型。

圩田又称为"围田"，是人们在低洼地、沼泽地、陂塘、湖泊、河道边的滩地上，用修筑堤坝的办法围垦起来的农田。雏形是春秋时期吴王诸樊主导修筑的"鹿陂""胥卑墟"，有效解决了江南水乡"地多薮泽，或濒水不时淹没，防于耕种"（徐光启《农政全书·田制》）的问题。随后圩田技术广泛流传、快速发展，到南宋时臻于完善。明末思想家徐光启称赞圩田："度地置围田，相兼水陆全。万夫兴力役，千顷入周旋……"（《同上》）圩田是古代劳动人民改造并利用自然的创新成果，优化了耕种环境，扩大了耕地面积，提高了耕种效益，切实地造福了百姓。

然而，自然环境是复杂多变的，自然的力量是强势无阻的。更多时候，即便人们有"力足以胜天"的信仰和决心，但客观而言还是无法跳出自然界的掌控，只能"听天由命"。南宋诗人胡仲参，应该切身体会到了这一点。

入夏时节，胡仲参同好友游历山林。这里林木葱茏，溪水潺潺，苔上青石，鸟鸣幽谷。山涧清冽凉爽，山峰云雾缭绕，轻风驱赶了夏日的暑热，带来了沁人心脾的舒爽。他与好友结伴同行，缓缓攀登。喜乐山水、才情横溢的诗人们，自然会沉浸在这静谧、惬意的山林间。

文人的洞察力是敏锐的。在满目苍翠之中，胡仲参偶然发现山涧中央有一块圩田。这块田地被农民们翻耕得井井有条、平坦整洁，然而却是泥土朝天、杂草稀疏。现已入夏，这农田里不应该早已种上庄稼了吗？看样子不像是一块废弃的农田，因为上面分明还有锄地的新鲜痕迹……

带着这样的疑问，胡仲参吟出一句诗：

圩田依傍着山涧水，到了夏季还没有栽种禾苗。

他反复思考着，可能设想出好几种答案：是农民太懒惰了？或者出了什么意外没有办法耕种？或者耕种了但庄稼没有如期生长？

恰好，从人烟稀少的林深处，迎面走来一位农民。在他的言语中，胡仲参解开了谜团：

不是人们春耕不及时，而是因为这山中寒气太重，不宜耕种。

原来是山间气温的原因！农民们身处在这山林间，山石横杂，地形错落，很难找到一块平整开阔的农田来种植粮食。看见山涧水缓缓流下，山沟处的地形相对平坦，于是人们采用圩田技术，在水流中央围出了"一座小岛"，开垦成可以耕种的良田。可以说，这已经是人们发挥聪明才智改造农业生产环境很好的范例了。不过，此时还缺乏了"天时"——山里的寒气让圩田温度较低，还达不到春耕播种的条件。即便种上了禾苗，也会受冻而枯。

农民们的心情该有多么焦急和沮丧！他们等待良时已久，土地也反复锄过，跃跃欲试地等着播种禾苗，奈何始终没有机会。他们看着光秃秃的圩田，想起当年大家合力围垦的热闹场景，如今连种苗都还没有入地，谈何丰收的希望。他们明明已经尽了最大的努力，但终究还是无能为力。

同处一座山中，游历之人畅怀于夏风之凉，农家之子忧愁于山气之寒。在自然之力的面前，"人和"尚可实现，但"天时"和"地利"并不常有。

粮言——

很多事情令人遗憾的地方就在于『具备』之后的『只欠』。虽然只差一点点，但还是欠缺；别看就这一点点，却让全局失败。所以，秋天里收获的一小粒粮谷，也是恰好具备很多必要因素，最终才能成就的无憾结果。

惜粮悯农

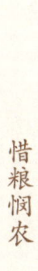

拾穗不盈把

老稚扶携访熟乡,
驿尘满路殣[1]相望。
终朝拾穗不盈把[2],
只有流民[3]如麦芒。

——金·宋九嘉《途中书事·其二》

---

1 殣(jìn):饿死的人。　2 盈:满。　把:一手握住的量。　3 流民:指因受灾而流亡外地、生活没有着落的人。

对于靠天吃饭的农民而言,"天灾"本就很难避免,如果再遇到"人祸",那几乎就意味着没有了生路。

很多所谓的"人祸",其实本可以避免或者减轻。但并非所有人都能理解体谅农民,尤其是古代那些内心黑暗、道德败坏、贪婪冷漠的小人,凭借着巧取豪夺、为非作歹的行为,成为农民美好生活的噩梦。

当然,古代也不乏能深切体察农民凄苦的贤达之人。唐代翰林学士刘允章就曾在给皇上的奏疏中提到:"今天下苍生,凡有八苦,陛下知之乎?官吏苛刻,一苦也;私债征夺,二苦也;赋税繁多,三苦也;所由乞敛,四苦也;替逃人差科,五苦也;冤不得理,屈不得伸,六苦也;冻无衣,饥无食,七苦也;病不得医,死不得葬,八苦也……"(《直谏书》)这"八苦"涉及赋税制度、官吏作风、司法公正、农民地位、社会救济等各个方面的问题,充分体现了刘允章救国为民的炙热之心和对民间疾苦的精准把握。同时,也可以说他比较全面地给"人祸"一词做了注解。

不过,还有一种极端状态下的"人祸"没有提及,那就是战乱。战乱,意味着突破了国家政权的最后底线,一切都被打碎、被搅乱、被颠覆,国家秩序没有平安稳定可言,文明社会丧失了礼义廉耻的规范。在这样的重大影响下,人们又退回到生命初始状态,渺小无力,动荡无依,最大的希望就是吃饱穿暖。然而,很多时候这其实是种奢望,要在斗争厮杀的环境中安身保命相当艰难,即便是手无兵刃、不上战场的农民。

历史上此类情况并不罕见,如在金代末年,农民就遭逢战乱,生计无着,颠沛流离。他们的悲惨处境,就被辞官归乡的宋九嘉看得真真切切。

宋九嘉的官职不低,但他性格刚直、豪迈不群,在官场上受到了忌恨打压,加上身体抱恙,便在年近五旬的时候辞官归乡。或许正是在这次归乡的途中,他近距离看到、感受到百姓的遭遇,于是写下了题为《途中书事》的三首诗。其中第二首是这样写的:

老少相互扶持回到熟悉的地方,发现路边全是饿死的人。
从早到晚捡拾到的禾穗还不及一把,流亡的饥民却多得像麦芒。

金代是女真族建立的朝代,与宋代长期对抗。后来随着蒙古族的发展壮大，金军受到了蒙古军队和南宋军队的夹击。饱受战乱侵扰的百姓，穷困潦倒，无奈只能奔亡流散，试图到有一线生机的地方谋口饭吃。可是普天之下，硝烟弥漫，哪里还有安生的归宿？他们只能漫无目的地流浪着，心如死灰、形如枯槁，有的就把生命留在了陌生的道路上，像石子，像野草。

  在这群被迫逃亡的流民当中，就有正在返乡的宋九嘉。他目睹路旁饿殍"相望"的惨状，却不见家乡的熟人。他尝试到地里捡拾残余的禾穗，但收获寥寥无几，根本满足不了这多如麦芒的流亡之人。他无法从事农业生产，无力为大家带去充饥的粮食，只能颤抖地拿起自己的笔，痛心疾首地"书事"——记录国事、民情、心忧。

  也许是看到了有如此多的流民，生活得又如此悲苦，宋九嘉太过心忧，肝肠寸断，在天兴二年（公元1233年）猝然逝于途中。在他离世后的第二年，金代便灭亡。但此后战乱仍旧持续，直到1271年元代建立，以及1279年元代灭南宋后统一南北，战乱动荡的局面才终于有所平复。流亡的农民总算能有机会回到农田里，带上农具去翻耕那久违的沃土。经过战争的蹂躏糟蹋，对农民而言，能有一个相对和平的环境，能踏实地在田间忙碌，能有静待未来丰收的盼头，就显得格外幸福美好！

  天灾无情，人祸有罪。粮食是保障人们生存最重要的物资，从种植、储存到流通、消费，整个过程受到了各方面条件的限制，实属来之不易。祈望无天灾，更愿无人祸，能踏踏实实地播种、丰收，享受珍贵的劳动成果，是人们的共同心愿。

粮言——

古代君王常用的仁政措施，如"不违农时"，就是顺天道、顺民意；"休养生息"，就是养地力、养民心。两举既能避天灾，又能防人祸，确实为实现"以农立国"聚合了有利因素，排除了风险干扰。

水车啼不歇

旱火秋蒸[1]土山热,新苗立死田寸裂。
西风何处送呜呜,一夜水车啼不歇。
水车声作水中龙,赤脚蹋龙怜老翁。
白水田头月未落,千畦[2]万畦云雨同。
流苏[3]醉卧谁家子,有耳不闻汝啼苦。
水龙水龙汝勿苦,及物无功[4]得如汝。

——元·廖大圭《夜闻水车》

1 **秋蒸**:本义为禾谷成熟,这里泛指熟热似火灼。 2 **畦**(qí):分区的田地。 3 **流苏**:五彩羽毛或丝线等制成的穗状饰物,常系在服装或器物上,此处比喻权贵之人。 4 **及物无功**:等到没有功业的时候,此处指粮食没有收成。

黑夜，一般是寂静的，可这晚却格外嘈杂。

连日的干旱，仿佛烙住了农田里的一切，让扎根不久的庄稼枯竭。面对这样的困境，农民们寄希望于水车，试图利用它们把河流里的水引入农田里。白天日晒闷热，只好夜间劳作。于是，这一晚，农民们开始忙碌起来。这场景被记录在僧人释大圭的诗歌中：

> 天气蒸烤，山体炎热，新苗枯死，土地干裂。
> 西风吹来，呜咽有声，水车整晚运作不停歇。
> 水车的声音化作水中龙，老翁赤脚踩踏在龙上，让人心疼。
> 月亮未落，田间的水白花花一片，七里八乡的农田都是这样。

不得不感叹劳动人民的智慧和能力：经过水车的搅动、转运，广袤的农田在月光的照射下，泛溢出了闪着白光的水，水车灌溉成功了，田地干旱得到了缓解。只是，赤脚踩踏水车的农民，一夜未歇。那水车被踩得隆隆作响，掺杂着吹来的呜呜风声，犹如一条水中龙，在翻腾着，啼叫着，又像是在哀嚎着……

水车是常见的灌溉工具，根据元代农学家王祯《农书》中的记载，水车分为利用水动力的筒车和利用人力的龙骨车。龙骨车的水槽中，有一长串木制叶板，状如脊椎，好似龙骨，因而得名。从诗中"赤脚踢龙"可以看出，农民使用的是龙骨脚踏水车。脚踏这种水车，是非常繁重又单调的体力劳动。人们手扶手架，脚踏脚板，如同平地走路，带动轮轴运转。这样的劳作，"日行千里，原地不动"，结果"磨断轴心，车断脚筋"。难怪释大圭仿佛听到了水龙在"啼苦"。然而，即便有这样嘈杂、悲苦、让人怜悯、惊天动地的声响，对一些人来说，还是没有入耳分毫：

> 那些权贵之人都饮酒宿醉了，哪里还能听到夜间水龙发出的疾苦声。
> 水龙啊水龙，你不要疾苦，等到最终粮食没有收成时，大家就都注意到你了。

释大圭在这里谴责了不关心民生疾苦、只顾自己享受的达官贵族，他们饮酒作乐、醉卧昏昏，哪还有心思在意农田中那紧张忙碌又悲惨凄苦的唉声。然后，释大圭的话锋一转，又安慰起水龙不要忧愁没人听到它的声音，理由是等到耕作无功、粮食歉收的时候，自然会有人想起它。这句看似中肯的安慰，实则极具讽刺意味——水龙就是农民的化身。作为粮食生产的主体，农民群体在社会中发挥着极端重要的作用，然而在一些人那里，他们并不能得到应有的关注和重视。毕生勤勤恳恳、躬耕田亩的劳苦农民，通常默默无闻、甘为黄牛，这是他们踏实质朴的品格使然。但如果当他们真遇困难、真有疾苦、真要呐喊的时候，却被迫缄默无言、卑如蝼蚁，那是社会的腐败黑暗。对于那些习惯于选择性失聪的达官显贵，只有让他们切身感受到自己利益遭受了损害、威胁，才有可能变得清醒，进而重新审视问题。从这个意义上讲，释大圭在同情农民艰苦、肯定他们作用的同时，明确警示那些"流苏醉卧"之人：如不再倾听和重视农民的"啼苦"，将来就会造成"无功"的严重后果。到那时，大错酿成，知之晚矣，悔之徒劳矣！

释大圭是泉州开元寺的僧人，俗姓廖。他关心国计民生，写了很多政治时事诗，真实深刻地反映了元代末期各种灾祸纷至、人民无以为生的社会惨象。僧人性慈、心静，普爱大众，满含深情，针砭时弊又不显锋芒，句句实在、透彻。关键是他能闻人所不闻，想人之未想，言人所不及言。

> **粮言**——真正在倾力付出的人，通常无暇去张扬，因此会显得低调、缄默。但这并不代表他们卑微、软弱。农民愿意默默无闻，体现的是他们的为人品格；如果只能默默无闻，则反映了一种社会悲哀。

夏秋皆赤土

长安阴雨十日多,倾墙败屋流洪波。
男奔女走出无所,道路相看作讹语[1]。
东邻西舍烟火空,青蛙满灶生蛇虫。
春来五月全不雨,夏麦秋田皆赤土[2]。
城中米价十倍高,斗水一钱人惮劳[3]。

——明·谢铎《苦雨叹》

1 讹(é)语:谣言、议论。 2 赤土:不长庄稼赤裸的土。 3 惮(dàn)劳:害怕辛劳。

谷为民命，民生维艰。明代的官员、诗人谢铎，凭着细致和持续的观察，创作了时事诗《苦雨叹》，记录下长安地区的"两灾一难"，反映出粮食危机对百姓生活的严重影响：

长安阴雨天气已经十多天了，洪水泛滥，墙倒屋塌。
男女奔走，没有居所，在流散的路上碰见后，议论纷纷。
洪水导致家家户户无法生火做饭，灶台里藏满了青蛙和蛇虫。

长安位于关中地区，数十日的连续降雨使得土地储水已经饱和，加之江流不畅等原因，水位不断攀升，最终形成滚滚洪流。面对此，人类的力量很微弱，眼见着家园被毁坏，只能被迫流散保命。当洪水退去，人们凄楚地回到残败不堪甚至面目全非的居所，试图捡拾着还能使用的器具，尽量恢复以往的生活气息。然而，经过洪水的冲击席卷，似乎也残存不下什么有价值的物资了。不过灶台还在，却已成为蛇虫一类的藏身之地。左邻右舍勉强安顿下来，但谁家的烟囱里也冒不出炊烟……

这样的苦日子度日如年，人们挨了很久，似乎仍旧看不到什么起色。更加让人沮丧的是，在庄稼生长最需要水分的时候，天上反倒没有一点儿下雨的样子。漫长严酷的旱灾又开始了：

春后的五月没有一滴雨，导致夏秋季节的麦田，不生长庄稼，全是赤裸的土。

夏季农田干旱，露出赤土，农民们尚可通过水利灌溉等各种方法全力缓解弥补，还有一线希望。但是到了秋天这个收获的季节里，农田仍旧是一片赤土，那就意味着彻底的绝望——这一年颗粒无收，人们该如何生存下去？

农郊地区普遍受灾，邻舍间也无法互帮互助。人不可一日无粮，农民们不能坐以待毙，总要为生计寻求个出路。他们想到，可以在粮市上寻购一点口粮。但是口袋里没有钱怎么办？那就出工赚钱，然后用收入买粮。不过，当农民进到城里以后，却被市场行情吓得哑舌了：

城中粮价已经涨到十倍高，搬运一大斗水只值区区一钱，人们苦于付出这样非常繁重又非常廉价的劳力。

这片土地实在太悲惨了，经历过春涝和夏旱的天灾，很难生产出庄稼。物以稀为贵，凶年粮荒，粮价节节攀升，高得离谱。然而更离谱的是，由于大家争相出力赚钱，使得劳动力的价值又出现断崖式的贬值。面对一贵一贱之间的巨大落差，即便是再强壮有力、再坚韧能干的农民，也很难靠劳力换取粮食。这使得本就没产出粮食更买不起粮食的农民，遭受双向堵截，生活只能走投无路。也许，这才是真正的劫难。

谢铎作为一位高级别官员，会从治国安民的角度看待问题。他用一首诗，简要精准地记录了农民近一年来的遭遇。其实他诗句中隐含了保障粮食安全的三个方面：储藏、赈济和调节。旱涝大灾很难避免，无可非议，关键是人们如何应对灾难、如何灾后恢复。粮食生产之后的储藏，是极为重要的环节，是后续解决问题的基础。如果有一定的储藏量，官府可以拿出粮食储备，对灾民开展赈济救助，直接派发基本口粮，保障生存所需；或者借鉴春秋时期管仲的"轻重法"、战国时期李悝的"平籴法"、汉代耿寿昌的"常平仓"，打开粮仓，平抑物价，让百姓买得起粮食。不过，诗中并没有明代官府的影子，更不能确认国库里是否还有存粮。只有农民的哀叹与无奈，还有他们处处碰壁，在人生路口迷茫徘徊的沉重身影。

作为诗人的谢铎，诗歌风格宗法于杜甫，写有不少揭露现实、关心民生疾苦的诗作。他反对当时那种堆砌辞藻、粉饰太平的"台阁体"，因为这样的"艺术"不能感动上天而停止灾祸，更不能为农民谋得半粒粮食。

粮言

难免受灾,灾祸不可怕。重在应对,有备才无患。粮食安全要有系统的规划和有力的措施。出现人们流离失所、忍饥挨饿、求生无门的情况,是人类社会最不该出现的悲剧。

惜粮悯农

米船却翻回

秋田生浪甑[1]生苔,
日望米船江上来。
闻道城中有新令,
米船临到却翻回[2]。

——明·顾清《米船叹》

---

[1] 甑（zèng）：中国古代的蒸食用具。　[2] 翻回：返回。

多少农民向往秋日高阳、风吹麦浪的丰收景象。在秋风吹拂下，那层层起伏的庄稼飘出清香，成为人们延绵不绝的希望。然而，如果农田里没有金灿灿的稻谷，却翻涌出混挟着污浊的泥土、野草和杂物的波浪，那就是希望破灭的时候——灾荒要来了。

明代的江南地区，水患频仍。尤其是地处长江、黄浦江、钱塘江三江交汇之区的松江府地区，濒临入海口、地势低洼，遇到大雨时水流积聚，加之海水倒灌，造成宣泄不畅，因此连年遭遇水灾。当时的南京礼部尚书，同时也是一位优秀诗人的顾清，用其诗文记录下"秋田生浪"的灾害情况：

秋季的农田，涌起了波浪，人们的炊具都长出了苔藓。

水灾一旦发生，最苦的就是百姓。平日辛苦垦殖的农田被淹成了污水塘，村庄房舍成了孤岛，家里连日没有了口粮，潮湿的环境竟让空空荡荡的锅碗长出了青苔。在人们被生计所困、一筹莫展的时候，还好官府开展了救荒工作。据顾清在《傍秋亭杂记》中记载，公元1461年至1463年当地发了大风雨灾害。随后官府组织救助，通过煮粥、开仓赈贷、免除百姓赋税、追讨豪强所欠税粮等方式，缓解灾情引发的粮荒。另外，地方贵族乡绅也踊跃捐资献粮，积极救助灾民。这期间，顾清多次上疏申请免除灾民赋税，得到了上级的支持，对有效救荒起到了积极的作用。然而，多年灾害也使当地物资几近耗竭，救援能力有限，人们还需要更多方面尤其是城外力量的支援。于是：

人们天天盼望着江上能驶来运米的船只。
但听到城里有新的政令后，快要到港的米船却掉头返回了。

人们的期盼，有了回应。但回应的是商船，它们载满米粮，浩浩荡荡、缓缓驶来，似乎让灾民燃起了生活的希望。不过官府最清楚它们的来意，提前发布了告示：水灾期间，禁止肆意提高粮价，禁止趁灾牟取暴利。本准备大赚一笔的粮商，听闻新令后自觉无利可图，趁船只还没有靠岸便立即调转船头，迅速返航。官府的政令奏效了，杜绝了奸商发灾难财；奸商的盘算也落空了，没能成功攫取巨额利润。但是，灾民呢？灾民的生活该如何维系下去……

目之所及，忧思到此，顾清怀着浓厚的怜悯之情发出了"米船叹"。他叹天地的不通人情、灾祸不绝，叹百姓的劳苦无依、希望破灭，叹官府的碌碌而为、力有不逮，更叹粮商的望而却步、立即转身。在灾难面前，他秉承的是"义"，倡导广开粮源、救济天下；而商人追逐的是"利"，谋算囤积居奇、获得高利——两者各执一端，在根本立场上很难调和。其实，顾清的"叹"和米船的"回"，也正是中国古代"义利之争"的缩影。

关于"义"与"利"的争辩，古已有之。在儒家的观念中，君子竭尽所能，促进天下大同、社会和谐，就是"义"，强调的是履行责任的合理性。而由"禾"与"刀"构成的"利"，意为"用镰刀收割庄稼"，强调的是现实收益的功利性。一定程度上，重义是一种大格局、全局观，重利尤其是重私利，则是一种小视野、狭隘观。因此，随着儒家思想逐渐成为国家主导思想，社会的主流价值观便遵循着孔子的思路而崇义贬利、重义轻利。其实，"义"与"利"并非两个对立的概念，本质上"义"就是谋求公众的"利"。真正与"义"格格不入、遭人诟病的"利"，其实就是米船那种危难之时置公益而不顾、一味地贪图一己私利的行为。

也正基于此，中国古代长期施行"重农抑商"的经济政策，并非否定商业的重要性，而是抑制打压那些不顾大局、唯利是图、容易影响社会安全稳定的奸商。

粮言——

天下熙熙攘攘，为利来为利往。人要生存，为利也是常情。然而，为利不能唯利，更不能忘义。君子品格，是心怀天下，为谋公利而全力付出，即便无能为力，至少也有真情流露的一声长叹。

有儿不暇乳

朝见插秧女，暮见插秧女。
雨淋不知寒，日炙不知暑。
两足如鹜鹥[1]，终日在烟渚[2]。
种秧一亩宽，插下十亩许。
水浅愁秧枯，水深怕秧腐。
高田已打麦，下田还种黍。
四月又五月，更盼分龙雨[3]。
襁褓[4]置道旁，有儿不暇乳。
始信盘中飧[5]，粒粒皆辛苦。

——清·陈文述《插秧女》

1 鹜（wù）：野鸭。 鹥（yī）：鸥。 2 烟渚：烟雾弥漫的小洲。 3 分龙雨：即隔辙雨。夏季所降对流雨，有时一辙之隔，晴雨各异。古人以为由于龙分管不同区域的降雨，因此称"分龙雨"。 4 襁（qiǎng）褓（bǎo）：包裹婴儿用的被子和带子。 5 飧（xiāng）：指饭食。

自古以来，男性就是农耕劳作的主力。从汉字"男"的字形上就能看出，在"田"里出"力"，是男性的鲜明定位。不过，男性同时也是官府、军队以及其他劳役事务的主力，当他们无法出现在田间的时候，女性就要代替男性的角色，直接与泥土和庄稼对话。

农耕劳作，需要有足够的精力、体力和耐力，对人们的心理和生理都是极大的考验。女性在承担原有的家庭负担的情况下，还要到田间地头忙碌，着实是难上加难。清代嘉庆年间江西知县陈文述，就看到了这么一位辛苦的插秧女：

插秧女早晚都在田间，雨淋日晒不知苦。
她的两腿像鸥鹭一样，整天泡在江洲里。
培植好的秧苗仅占一亩宽，插到水田以后要占十亩多。
水浅了担心秧苗会干燥枯萎，水深了担心秧苗会被泡腐烂。

不知何故造成了家中男丁不在，以至于插秧女必须独自面对广阔的田亩。农忙时节，她首先要浸种育苗，而后插秧。紧密排列的秧苗看似不多，但是插到水田里以后，稀疏有秧，竟占了十多亩地。很难想象如此巨大的压力落在插秧女的身上，她是在怎样承担下来的。只知道风吹雨打、日复一日，她并没有喊苦嫌累。不过由于以往插秧经验少，似乎还掌握不了插秧深度与水田深浅的规律，她心里开始忐忑不安：秧苗会不会干燥枯萎，或被浸泡腐烂？

插秧女需要操心的事情何止是插秧，还有收麦和种黍：

刚在高田上为麦子去壳，又到低田里种植黍子。期盼四五月能下"分龙雨"。

从诗中的描述基本可以推测到，此时插秧女正处在"芒种"节气前后。根据千百年来农民的农耕实践经验，芒种是连收带种的时节，并且要全力抢抓时机，尽快完工，否则会影响收成。插秧女实在辛苦，要在收获与播种之间两头忙。忙也罢，累也罢，现在的她只希望辛苦不要白费，期盼分管这一带降雨的龙王能够如期降下"分龙雨"，为这潜藏巨大生命力的田地注入充沛的源泉。

知县陈文述的注意力被一声婴儿的啼哭声打断，他将视线从插秧女忙碌的身影上移开，发现田间的路旁竟有一个襁褓，里面的婴儿嗷嗷待哺：

襁褓放在田间路旁，有孩子却没有空闲去哺乳。

这是插秧女的孩子，一个刚出生不久、亟须母亲哺乳的小生命。但是，插秧女要做太多的农活，根本无暇为孩子哺乳。一出生就忍受饥饿的婴儿，被搁置于农田间，由禾叶和野草为其遮阳。他本能地大声啼哭，但声音似乎被泥土吸附了，被清风吹散了。

诗人看到此情景，心里定是五味杂陈、百感交集的。作为一位知县、一方百姓的"父母官"，他能为这样的插秧女做什么？他的辖区里还有多少插秧女？插秧女的丈夫们都去了哪里？那襁褓里的婴儿未来会如何？将来会有人帮插秧女分担农活吗？这些问题追问起来太沉重了……回到家中，他对着碗中的餐食有所警悟，开始反思：

这才相信餐盘中的食物，每一粒都很辛苦。

在陈文述所处年代的一千年之前，一位名为李绅的宰相、诗人吟过含义相近的诗句。而直到这时，陈文述才"始信"，是否有些晚？但好在，毕竟是信了。

粮言

盘中餐，是农民用艰辛的汗水换来的，然而这其中又滴洒了多少家人分别、无力养儿的泪水？当人们大快朵颐、享用美食的时候，可千万不要忘记那待哺婴儿的嗷嗷声，以及他母亲在谷子与孩子之间的痛苦抉择。

惜粮悯农

寄粮题咏

| 心忧或何求 —— 174
| 人生归有道 —— 177
| 俾尔仓廪实 —— 181
| 宁知逢世昌 —— 185
| 念此私自愧 —— 188
| 道直诚感激 —— 192
| 露积如山垄 —— 196
| 贫中更相思 —— 199
| 众生皆得饱 —— 202
| 食粥致神仙 —— 205
| 喜极还垂涕 —— 208
| 味之有余美 —— 211
| 官府宜爱惜 —— 214
| 农家乐事同 —— 217
| 有志独无田 —— 220

心忧或何求

彼黍离离[1],彼稷之苗。
行迈靡靡[2],中心摇摇[3]。
知我者,谓我心忧;
不知我者,谓我何求。
悠悠苍天,此何人哉?
彼黍离离,彼稷之穗。
行迈靡靡,中心如醉。
知我者,谓我心忧;
不知我者,谓我何求。
悠悠苍天,此何人哉?
彼黍离离,彼稷之实。
行迈靡靡,中心如噎。
知我者,谓我心忧;
不知我者,谓我何求。
悠悠苍天,此何人哉?

——先秦·佚名《诗经·王风·黍离》

1 离离:整齐成行的样子。 2 行迈:行走。 靡(mǐ)靡:步伐迟缓。 3 中心:心中。 摇摇:心神不定的样子。

不知是什么样的经历，让一个人忧愁到与苍天对话。

他一定对脚下的这片土地有着极为深厚的情感，因为他流连在农田间，从春天走到了秋天，见证了庄稼由苗及穗。然而，黍黄麦香却没有让他欣喜，反倒让他的忧思更加沉重，似乎钳制住了脚步，凝固住了呼吸：

看那黍子一行行，麦苗在生长。缓步行走，心神不定。能够理解我的人，说我是心有忧愁。不能理解我的人，还以为我有何谋求。高高在上的苍天啊，这是什么人啊？

看那黍子一行行，麦穗很茂盛。缓步行走，如同醉酒。能够理解我的人，说我是心有忧愁。不能理解我的人，还以为我有何谋求。高高在上的苍天啊，这是什么人啊？

看那黍子一行行，麦粒很饱满。缓步行走，心痛如噎。能够理解我的人，说我是心有忧愁。不能理解我的人，还以为我有何谋求。高高在上的苍天啊，这是什么人啊？

他是谁？不得而知。他为何忧思？也无从知晓。他留下这样一首循环复沓的诗歌，让很多疑问一直回荡、缠绕……

他可能是周代官员，看到曾经宗庙宫室的地方长出了茂盛的禾黍，不禁为国家的衰落而悲伤忧思，彷徨无助，久久不忍离去。也可能是没落的贵族，动荡的社会让他的家族衰败破产，站在曾经属于自己的农田里，为家道中落而伤心涕泪，哀婉心痛。也可能是一位农民，由于种种原因被迫离开家乡，在一个陌生地方触景生情，对家园忧思难忘。还有可能是一名常年在外征战的官兵，或是服劳役的百姓，恰逢农忙季节而不能回家劳作，内心焦急又无奈。或者还有别的什么可能……总之，无论他是谁、经历过什么，他那份沉郁的忧思是真切的。

他的忧思，是扎根土地的，伴着粮食一同生长。当庄稼由"苗"长出"穗"再结出"实"，他的心从"摇"变成"醉"又感到"噎"。这些粮食是先祖留下的遗产，从神农断木为耜开始，经过后稷教民稼穑，又到周王率播百谷，良种嘉禾在一代代人的艰难传承下，长得越来越茂盛。然而，现实生活却没有像粮食这样饱满，国难、家殃相继发生，国仇、家恨盘错交织，人们在动荡的命运中没有机会静静享用那飘香久远的粮食，也无法托起祖先的美好期待。他的愁苦就像粮食籽粒一样，越来越壮大硬实，最终挤压堆叠，将他噎住。他看着眼前的景色，心神早已飘离到自己的情感世界，于是脚步沉重，行动迟缓。这种忧思难以言表，懂他的人，自然能心领神会，同感忧愁。不懂他的人，也免不了曲解误会，甚至还可能搬弄是非。再茂密的庄稼、再丰硕的收获，也填补不了他苦闷荒凉的内心，于是他在黍稷摇摆的簌簌声中，不禁发问：苍天啊，我是怎样的人啊，为何会走到如此的地步……

悠悠苍天，会回答他吗？

秋风萧瑟，秋意正浓。万里苍穹之下，万亩良田之间，一个人在踽踽独行，满目忧伤。旁边黍穗垂摆、黍粒饱满，而他的心中却无比空虚、极度沉闷，不知他将要去哪，只留下了"黍离之悲"的背影——一个历经世事沧桑的孤独背影。

粮言——『黍』俗称『糜子』，黏性较大，与厚重粘连的情感有着同样的质感。彼黍离离，人们的生活会因为有了粮食而多一份安稳悠哉。但是生活不只是粮食，还有精神情感上的寄托。『黍离之悲』，源于对土地爱得深沉。

人生归有道

人生归有道[1],衣食固其端[2]。
孰是都不营[3],而以求自安?
开春理常业[4],岁功聊可观[5]。
晨出肆[6]微勤,日入负耒还。
山中饶[7]霜露,风气[8]亦先寒。
田家岂不苦?弗[9]获辞此难。
四体诚乃疲,庶无异患干[10]。
盥濯[11]息檐下,斗酒散襟颜[12]。
遥遥沮溺[13]心,千载乃相关。
但愿长如此,躬耕非所叹。

——东晋·陶渊明《庚戌岁[14]九月中于西田获早稻》

---

1 **有道**:有常理。 2 **固**:当然。 **端**:首要。 3 **孰**:何。 **是**:此,指衣食。 **营**:经营。 4 **开春**:进入春天。 **常业**:日常事务,这里指农耕。 5 **岁功**:一年农事的收获。 **聊**:勉强。 6 **肆**(sì):操作。 7 **饶**:多。 8 **风气**:气候。 9 **弗**:不。 10 **庶**(shù):大体上。 **异患**:想不到的祸患。 **干**:犯。 11 **盥**(guàn)**濯**(zhuó):洗涤。 12 **襟**(jīn)**颜**:胸襟和面颜。 13 **沮**(jǔ)**溺**(nì):即长沮、桀溺,孔子遇到的"耦而耕"的隐者。借指避世隐士。 14 **庚**(gēng)**戌**(xū)**岁**:指晋安帝义熙六年(公元410年)。

在中国哲学里，"道"是天地万物的演化运行机制，"玄之又玄"，较难把握。然而在日常生活中，"道"又可以是朴素道理、实践智慧，寻常可悟。陶渊明通过自身劳动实践，深刻体会到了人生的常理——归于躬耕，才能自安。

人生的归依是有常规的，丰衣足食是最根本的。
哪有人能摒弃它们不去钻营，就能求得自身安定？

凡人之躯离不开温饱的保障，这是基本需求、安全底线。对于绝大多数人而言，生活的保障要靠自身劳动来获取。在古代社会里，农耕劳作就是最主要、最普遍的保障方式。自力更生以求自安，成为人们生活的常态。

陶渊明放弃仕禄归隐田园，需要亲自劳作才能获得衣食。他本不擅于农耕，曾自嘲笨拙，没有邻家收获多，所以常食糟糠，忍受饥馁。但他并没有一味地悲观，而是以超拔的心态沉浸到劳作当中，并感悟到质朴的意趣、纯真的哲理。他通过躬耕获得了自安，其实是一种"付出才有收获"的踏实感：

开春以后就开始打理农务，那么一年的收成还是比较可观的。

农业虽然受自然条件的限制，但也受人类主观能动性的影响。要想获得收成，人们思想的积极主动是关键的第一步。如果能够迈出这一步，愿意在农耕上付出精力，那么最终总会有所收获。地势坤，厚德载物，大地母亲不会辜负积极勤奋、诚恳踏实的人。秉承着这样的信念，陶渊明开启了日复一日的田间劳作生活：

清晨开始就认真勤恳地干农活，日落时分背着农具回家。
居住在山中本来就多霜露，还没有到冷季就已感到寒冷。
农家哪有不辛苦的，只是还没有办法摆脱劳动的艰难。
身体上确实很疲倦，但也许没有政治上意外的祸患。

为温饱，求衣食，诗人真切地体验到了农家的艰苦。然而，他认为这种艰苦只是过量劳动和恶劣环境导致的身体上的苦累，而不是政治斗争造成的精神上的痛苦。他通过躬耕获得的自安，其实更是一种纯粹、自由，心无挂碍的自主感。他早已厌倦了在腐朽官场上扭曲内心、逢迎苟活的日子，反倒十分庆幸田间生活的简单、恬静。扎根田间的陶渊明，他的脸在白天的劳作中沾满了泥土，显得粗粝，待到傍晚回家洗漱后，便显露出了淳朴自然的笑容，映衬出他本真透亮的心灵：

洗涤身上的灰尘后在房檐下歇息，举起酒杯畅怀散心。

　　酒过三巡，情意渐浓。陶渊明对着静谧的田园，情不自禁地放飞了思绪，与千年之前的隐士会合相通：

长沮和桀溺归隐农耕的心志，跨越遥远的千年，与我息息相关。
我多么希望这样的生活能够长久下去，亲自耕作，没有什么可叹息抱怨的。

　　长沮、桀溺，是春秋时期两位隐耕之人，生平不详，却因《论语》的记载而留名百世。两人在耕作时，恰逢孔子一行询问渡口在何处。于是双方明面上就"渡口位置"话题而暗指"人生选择"话题，进行了简短但意味深长的对话。长沮、桀溺认为孔子其实自己知道"渡口"所在，应该像他们一样过上隐耕生活，而不是在乱世中徒劳无果地奔波。孔子怀揣"明知不可而为之"的热情和决心，孜孜不倦地推行仁爱理念，执着地寻找新的"渡口"。隐者追求的是人格纯洁，儒家追求的是社会价值，两者无关对错，仅是对人生意义的理解有所不同。所以，千百年来中国不断涌现出忧国爱民的仁人志士，同时也不乏超然脱俗的高人隐士，陶渊明就属于后者。

　　他愿意亲自劳作，以待收获。他宁可身体疲劳，也要保证心灵纯洁。他崇尚长沮和桀溺的隐耕之心，希望能一直自食其力，自由自在，简单快乐。这就是人生的归道。

粮言——脚踏实地，仰望星空。生活的真谛是平常朴素的，与泥土相通，与大地相连。生活的美好是纯洁自在的，如皓月明亮，如天空广阔。人生的大道前路，须亲心体悟、亲身开拓。

俾尔仓廪实

假遇非将迎[1]，靖共延殊庆[2]。
中岁历三台[3]，旬月典邦政[4]。
曾是共治情[5]，敢忘恤贫病[6]。
将无富教礼，孰有知方[7]性。
敦本[8]抑工商，均业省兼并[9]。
察壤见泉脉[10]，觇星视农正[11]。
黍稷缘高[12]殖，穛稌即卑[13]盛。
旧塍新塍[14]分，青苗泉水映。
遥树匝[15]清阴，连山周远净。
即此风云佳，孤觞聊可命[16]。
既微三载道[17]，庶藉两歧咏[18]。
俾尔[19]仓廪实，余从谷口郑[20]。

——南朝·谢朓《赋贫民田诗》

---

1 **假遇**：嘉遇，美好的际遇。 **将迎**：送迎。 2 **靖共**：安静恭敬。 **延**：招来。 **殊庆**：特别的福。 3 **中岁**：中年。 **三台**：汉中央政府设尚书为中台、御史为宪台、谒者为外台，合称三台。 4 **旬月**：指十天至十个月，形容时间短。 **典邦政**：指任宣城太守。 5 **曾**：领会。 **共治情**：大治天下的情怀。 6 **敢忘**：不敢忘。 7 **知方**：指明白正确的方向。 8 **敦本**：谓重农。 9 **均业**：均民之田业。 **省**：避免。 **兼并**：并吞他人产业。 10 **察壤**：察辨土物之宜。 **泉脉**：泉所从来处。 11 **觇星**：观测星象，视候鸟以施农事。 **农正**：谓示农时之鸟。 12 **缘高**：沿着高处。 13 **穛**（zhuō）：麦。 **稌**（tú）：稻。 **即卑**：靠近低处。 14 **埒**（liè）：田埂。 **塍**（chéng）：田间的小堤。 15 **匝**：环绕。 16 **孤觞**（shāng）：独自饮酒。 **命**：用。 17 **微**：无。 **三载道**：指孔子说的"苟有用我者，期月而已可也，三年有成"（《论语·子路》）的治国方法。 18 **庶**：或许。 **藉**：慰藉。 **两歧咏**：汉渔阳太守张堪教导百姓耕种，百姓因此逐渐富裕。百姓作歌颂扬，有"桑无附枝，麦穗两歧"句。 19 **俾**：使。 **尔**：指农民。 20 **从**：追随。 **谷口郑**：指谷口（古地名，今属于陕西）郑子真。郑子真，名朴，汉成帝时期隐士，家居谷口，隐居不仕，时人仰慕。

在传统文人的心里，建功立业的理想状态是什么样的？也许谢朓的《赋贫民田诗》能反映出一个侧面。

谢朓出身于名门望族，家学渊源，自身也极有文才，其创作的诗文作品在南朝文坛上有着重要的地位。他与沈约等共创"永明体"，对唐代律诗、绝句的形成产生了深远的影响。

在谢朓十八岁的时候，他步入政坛，随后辗转多地，历任多职。他虽然背景殷厚、条件优渥、仕途亨通，但并没有沾染纨绔之气、强横之性，反而很踏实务本、理智亲和。这是他做官的品格底色，从他的诗句中可见一斑：

美好的际会不会自己送来，恭恭敬敬才能求得福分。
中年时期任职于中央政府，近段时间又任宣城太守。
原来就有治理天下的情怀，更不敢忘记体恤百姓疾苦。
践行先使民富、再教化民的职责，这是我正确的方向。

供职过中央政府，又当上了地方长官，谢朓认为这些好机会是依靠谦虚恭敬争取到的。他有一颗敬畏之心，敬畏为官理政的职责，敬畏造福百姓的使命，敬畏先师留下的教诲——要先让百姓生活富裕起来，再推行文明教化，让社会和谐安定。传统社会的经济支柱是农业，百姓的生活水平全系于农业发展状态。对此，谢朓具有清醒、全面的认知，也展现出了管理才能：

着重抓住农业的基础，控制工商业的盲目发展，各行业均衡有序。
要考察土质，寻找水源，观测星象，巡视农事。
黍稷适合在高隆地里生长繁殖，稻子在低洼湿地里才长得茂盛。

在经济领域，我国自古就有"本末"之说，即农业是"本"、工商业是"末"。农业关乎人们的口腹之需，是决定全局的根本大业，其地位不可撼动，而工商业，则是让人们生活"锦上添花"的行业，虽然也很重要，但相比于农业来说其地位总归是处于次位的，并且由于在工商业的交易活动中，商人的逐利行为容易造成市场的不稳定，给社会秩序带来隐患，所以长期以来工商业的发展受到官方的抑制。谢朓作为治理一方的官员，自然要有宏观视野，在强调农业基础地位的同时，还要平衡好各行业的发展。尤其是在发展农业方面，他格外细心地把握住土质、水源、天气等关键环节，还总结出不同粮食作物的习性特征。这些都是实践经验，是需要双脚踩到泥土里才能获得的宝贵知识。可见，谢朓不是在案头上重视农业，而是真正深入农田里研究农业、指导农业。等到农田庄稼长势向荣的时候，他信步远望，眼前呈现出一派清丽喜人的景象：

新旧田埂分界鲜明，青青的禾苗倒映在泉水中。
远方的树木环绕着清凉的树荫，连绵的群山周围辽阔明净。

这片希望的田野，凝聚着太守和百姓的心血，初显成效、实属不易。此时谢朓的内心应是满足和自豪的，他甚至会对着美景惬意地小酌一杯：

有这样美好的风景，可以凭此独自小酌。
虽然没有孔子的治国韬略，但希望能像张堪一样做出功绩。
如果使人们的粮仓殷实，那时我将追随郑子真去隐居。

清风助酒兴，畅怀抒抱负。对于自己向往的政治作为，谢朓没敢奢望能有孔子"三年有成"的治国方略，只是希望能像东汉时的张堪一样，勤恳务实地带领农民开荒种地，走向富裕。当然，他也歆羡张堪的这些功绩能被百姓歌颂传扬。谢朓畅想着，当眼前的田野变成满仓粮食的时候，他就会归隐山林，躬耕田间。

可惜，他后来卷入了政治旋涡，遭受诬陷而死于狱中，卒年仅三十六岁。不过，他赤诚恭敬、务实本分的品格，心为天下、体恤民生的情怀，能进庙堂、可治地方的履历，固本培元、察微做实的能力，以及全力而为、功成身退的追求，难道不是仕途中人应该学习借鉴的吗？

粮言

谢朓没有沉溺于现实功利,也并非打算完全脱离尘世,本想轰轰烈烈地『入世』、平平静静地『出世』,在有为和有不为之间努力实现人生社会价值与个人价值的统一。然而遗憾的是,他遭遇乱世混战,没有机会完成夙愿。

吟诗诵粮

宁知逢世昌

田家无所有,晚食[1]遂为常。
菜剪三秋绿,飧炊百日黄[2]。
胡麻山麨[3]样,楚豆野麋[4]方。
始暴松皮脯[5],新添杜若浆[6]。
葛花消酒毒[7],萸蒂[8]发羹香。
鼓腹聊乘兴,宁知[9]逢世昌。

——隋末唐初·王绩《食后》

---

1 **晚食**:晚饭。《战国策·齐策四》:"斶愿得归,晚食以当肉,安步以当车,无罪以当贵,清静贞正以自娱。"饥饿后的晚饭,味道像吃肉一样美味。"晚食"含有"淡泊"的意味。 2 **飧**(sūn):晚饭,此处泛指饭食。 **百日黄**:一种早熟的稻。 3 **胡麻**:即芝麻。 **麨**(chǎo):炒的米面粉。 4 **楚豆**:牡荆的果实。一般供药用,也可食用。 **野麋**(mí):獐。 5 **松皮脯**(fǔ):用松皮里层含脂部分作香料晒制的肉干。 6 **杜若**:香草名。杜若浆为香草酿的酒。 7 **葛**:多年生草本植物,可入药。 **消**:化解。 **酒毒**:谓酒醉。 8 **萸**:茱萸,又名"艾子",一种常绿带香的植物,具备杀虫消毒、逐寒祛风的功能。 **蒂**:花或瓜果跟枝茎相连的部分。 9 **宁知**:怎么会知道。

"穷则独善其身,达则兼济天下"(《孟子·尽心上》),当一个人内心有归属的时候,外在环境是制约不了其精神自由的。

古代儒士,素有经世济民的抱负,理想的人生追求就是立鸿志、明明德、担大任、平天下,即便奔波一生、皓首疲身,也心甘情愿、无愧无悔。然而,理想毕竟与现实存在差异,甚至是天壤之别。还有不少的儒士并没有机会担当道义、施展才能,尤其是遭遇混乱的世道,在是非颠倒、黑白模糊的环境下,越是尽责尽力、越是奉献付出,就越有可能反噬自己,甚至还可能助纣为虐。这就是所谓"穷"(困厄)的境地。因此,保全自己、独善其身,是最明智的方式。这既是对现实困境的理性抉择,也是对纯粹心灵的应急保护。不过,一旦困境扭转、遇到良机,他们还是会义无反顾地挺身而出,重新点燃心中"大有所为"的熊熊烈火。

隋唐之际,时局动荡。面对形势不明朗、民生不安宁的局面,不少儒生的处境是尴尬的,诗人王绩便是如此。王绩出身官宦世家,是隋末大儒王通的弟弟,曾在隋代任职秘书省正字(中央文献机构的官员)。他满腹经纶,也有抱负,但生不逢时,才华得不到施展;并且他生性简傲、身安逸乐,难以融入朝政。因此,在隋末大乱之际,他弃官隐居。等到初唐政局稍稳、百废待兴之时,他重新入仕,尝试实现抱负,不过几经波折后来终究还是选择隐退。王绩在"善其身"与"济天下"之间挣扎过、徘徊过,最终将心灵安放于闲逸生活的趣味上。他创作了一首《食后》诗,将自己的情致寄托在一顿农家晚餐上:

> 农家里没有什么特别的,晚餐成为寻常之事。
> 采摘深秋季节的蔬菜,吃着"百日黄"稻米。
> 配上芝麻炒米粉,还有楚豆獐子肉。
> 刚烤上松皮肉脯,又添上杜若美酒。
> 葛的花能够消解酒醉,荑的蒂能激发羹香。
> 饱食后趁着雅兴畅聊,哪用知道是否生逢昌明的时代。

诗人"寻常"的晚餐,倒很丰富:蔬菜、稻米、芝麻、炒米粉、獐子肉、松皮肉干、香草酒和羹汤……但对于农家而言,这些食材也并非昂贵到不可获得的地步，也许真的就是寻常之物。只是在富有才情的王绩眼里，农田里的各种食材就像色彩缤纷的颜料一样，经他的艺术之手而焕发出绚烂光泽、富有美感。

王绩在仕途上没有什么耀目的政绩，却是一位难得的艺术家。他性情旷达，喜好喝酒。有人以酒相邀，无论请者贵贱他都欣然前往，往往醉倒不择地而睡。他的酒量能尽"五斗"，自号为"五斗先生"。他研究酿酒方法和经验，撰写了《酒经》《酒谱》，创作了《酒赋》《独酌》《醉后》《过酒家》《醉乡记》等诗文。他还通晓乐律，擅长弹琴，曾改编了琴曲《山水操》，为世人赞赏。在诗歌方面，他更是卓有成就，其风格"近而不浅、质而不俗、真率疏放，有旷怀高致"，被后世公认为是五言律诗的奠基人，为开创唐诗做出重要贡献。

隐居后的王绩显然内心是自安自足自娱的。他在《五斗先生传》中说"故万物不能萦心焉"，在自撰的墓志铭中自称为"逸人"。可见，外在环境已经不能钳制他心灵的恬逸。因此，他在晚餐过后，乘兴雅谈。此时的他，沉浸在农家的静谧之中，已经不在乎自身的进退、荣辱，自己的兴致也与所处时代是否昌明无关——他的内心真正有了归属，得到了安驻。

这大概就是精神自由的样子。

粮言——

仁者无敌，达者无困。当一个人心灵通达的时候，没有什么能够困住他。顺境时就立志有为，全心尽力；逆境时就安顿内心，淡然自乐。这样的人格才是健全的，这样的精神才是自由的。

念此私自愧

田家少闲月，五月人倍忙。
夜来南风起，小麦覆陇[1]黄。
妇姑荷箪食[2]，童稚携壶浆[3]。
相随饷田[4]去，丁壮在南冈。
足蒸暑土气，背灼炎天光。
力尽不知热，但[5]惜夏日长。
复有贫妇人，抱子在其旁，
右手秉[6]遗穗，左臂悬敝筐[7]。
听其相顾言，闻者为悲伤。
家田输税[8]尽，拾此充饥肠。
今我何功德？曾[9]不事农桑。
吏禄三百石[10]，岁晏[11]有余粮。
念此[12]私自愧，尽日不能忘。

——唐·白居易《观刈[13]麦》

---

1 陇（lǒng）：陇：同"垄"，这里泛指麦地。 2 荷（hè）：背负，肩担。 箪（dān）食：装在竹篮里的饭食。 3 浆：指米酒或汤。 4 饷（xiǎng）田：给在田里劳动的人送饭。 5 但：只。 6 秉：拿着。 7 悬：挎着。 敝（bì）筐：破篮子。 8 输税：缴纳租税。 9 曾：一直。 10 石（dàn）：古代容量单位，十斗为一石。 11 岁晏（yàn）：年底。 12 念此：想到这些。 13 刈（yì）：割。

"文章合为时而著，歌诗合为事而作"（《与元九书》）。

白居易是聚力实干、关注民生的官员，即便他才华横溢、富有文学盛名，也无非把诗文创作视为服务时事的工具而已。他的仕途，是为百姓谋福的；他的佳作，是为百姓发声的。

唐宪宗元和二年，三十六岁的白居易任周至县（今陕西西安市西部）县尉。正值农历五月农忙时节，他看到了农民收割麦子的场景。眼有所见，心有所感，情有所动，于是创作了诗歌《观刈麦》。

农家很少有空闲的月份，五月的时候人们更加忙碌。
夜里刮起了南风，覆盖田垄的小麦已成熟发黄。
妇女用筐挑着食物，孩子提壶盛满水汤。
相伴到田里送饭食，收割小麦的男子都在南冈。

田垄里的小麦已经成熟，黄灿灿的一望无际。一家男女老少各有分工，都为收麦而忙碌。这热闹农忙的景象，是农家最盼望的生活，本应令人欣慰，然而诗人却高兴不起来：

他们双脚受地面的热气熏蒸，脊梁被炎热的日光烤晒。
精疲力竭仿佛不知道天气炎热，只是珍惜夏日天再长一些。

丰收是好事，但长时间在烤炉般的烈日下劳作实在太辛苦。然而，农民们对粮食的极度渴望，已经让他们可以忽略掉身体所遭受的煎熬，反而宁愿夏天再长一些、时间再慢一些，这样收获似乎就能更多一些。田间农家这种淳朴得略显愚憨的想法，让白居易倍感心酸。

然而，心酸的事情还不止于此。白居易看到在熙攘忙碌人群的旁边，还站着一对孤独的母子：

又见一位贫苦妇女，抱着孩儿站在割麦者身旁。
右手拿着捡的麦穗，左臂挂着一个破筐。
听到她与别人的谈话，都为她感到悲伤。

> 因为缴租纳税，田地都已卖光，只好拾些麦穗充饥。

她的丈夫在哪里？不得而知。诗人只能从妇女与旁人的攀谈中了解到：目前母子俩失去了赖以生存的农田，连出力种地的机会都没有，只能靠捡拾别家收麦时遗落的麦穗来勉强充饥度日。为何会造成这样的局面？因为交不上租税，转卖了自家田地。那又为何交不上租税？或许是丈夫外出服劳役、当兵差而造成家中无男丁种田？不幸的家庭，各有各的不幸，其中缘由，诗人已经不忍细听……

白居易身为一名官员，自然不用亲自在风吹日晒中参与田间劳作，仅靠俸禄就能衣食无忧，这是他的优越所在。但这种优越却又在他与百姓之间掘开了一道鸿沟，使他们拉开了明显的差距。也许，这是很多钦羡功利之人努力追求的状态，但对于白居易来说，却是一种折磨。他对农民的细微体察和深切同情，在诗句中表露无遗。难掩的恻隐之心、怜悯之心，使他对自己四体不勤却饱食禄米而感到惭愧：

> 现在我有什么功劳德行，能不用从事农耕蚕桑。
> 一年领取薪俸三百石米，到了年底还有余粮。
> 想到这些我就暗自感到愧疚，整天念念不忘。

比起农民，白居易轻松闲适、免于繁重的农活，并且衣食无忧，年末还有一定富余。他获得的俸禄、吃到的粮食，是他工作挣来的，本应心安理得。然而，这些俸禄又都是官府从农民那里征来的，他亲眼看到农民为此要不辞艰辛地劳碌，甚至生活还遭受了巨大的变故，这就让他受之有愧了。他是县尉，正好负责地方征税事务。他在日常工作中能做到的是按规办事，认真厘清每一条账目，然而这些账目背后还有多少像那位变卖土地的妇女一样有相同遭遇的普通百姓？他不得而知。她们"抱子在其旁"的画面，让白居易久久难忘，内心感到阵阵刺痛。

这首诗是白居易早年创造的诗歌，写实事、抒真情的特点也奠定了他未来文学创作的基调。此后他一直积极从事政治改革，始终关怀民生，创作了大量反映现实、针砭时弊的诗文，目的是"唯歌生民病，愿得天子知"。作为官员,他是贤臣,为君王打开了体察民情的窗口。作为诗人,他是人民的艺术家,为百姓的疾苦奔走呼号,发出了感天动地的呐喊。

不过,他晚年虽有一颗热烈的爱民之心,却无法在政治上施展抱负、改善民生,郁郁不得志,无奈放意诗酒,私自愧,空悲切。

粮言

常念百姓温饱,是对他人的同情与关怀;私愧饱食终日,是对自己的反思与鞭策。有能力让自己过上好日子的官员比比皆是,然而像白居易这样不安心于独自享福、更致力于让大家共同幸福的官员,却不常有。

道直诚感激

荷蓧衰翁似有情[1],相逢携手绕村行。
烧畲晓映远山色[2],伐树暝传深谷声[3]。
鸥鸟忘机翻浃洽[4],交亲得路昧平生[5]。
抚躬道直诚感激[6],在野无贤心自惊[7]。

——唐·李商隐《赠田叟》

---

1 **荷蓧**（tiáo）：荷，肩负；蓧，古代耘田用的竹器。用典出自《论语·微子》中"遇丈人，以杖荷蓧"。 **衰翁**：老翁。 2 **烧畲**（shē）：烧荒耕田。 3 **暝**：天黑，傍晚。 4 **机**：巧诈、权变之心。 **浃**（jiā）**洽**：和谐，融洽。 5 **昧平生**：素不相识。 6 **抚躬**：反躬自省。 **道直**：为人诚实正直。 7 **在野无贤**：朝廷之外的乡野没有贤达之人。用典出自《尚书·大禹谟》中"野无遗贤"，意思是有才能的人都受到任用，人尽其才，没有遗漏。

以写爱情诗篇著称的唐代诗人李商隐，把新奇秾丽、缠绵悱恻、朦胧含蓄的艺术风格推上了新的高度。然而，他也有清爽率真、直抒胸臆的时候——在乡间，面对一位田叟。

家境一般的李商隐少时就有文采，也幸运地结识了白居易、令狐楚等前辈，并得到他们的赏识和教诲。不过，比起同龄权贵家庭的学子，他的科举之路并不顺利。与他一同游学的令狐绹（令狐楚之子）顺利中举，并获得器重，李商隐心中自然有失落之感。在写给令狐绹的一封信中，他感叹道："尔来足下仕益达，仆固不动。"（《与陶进士书》）如果说考试不中还只是小挫折，那么更加坎坷的人生大遭遇还在后面：就在他终于中举、开始走上仕途的时候，他又"机缘巧合"地陷入了"牛李党争"的政治漩涡中，此后一生都受到牵连。

"牛李党争"是唐代末年士大夫争权的现象。以牛僧孺为首的"牛党"和以李德裕为首的"李党"，两派官员互相倾轧近四十年，使衰落的唐代加速走向末路。李商隐的岳父王茂元被视为"李党"的成员；而与李商隐有深厚交情的令狐楚父子又属于"牛党"。李商隐就这样被夹在两党之间，尴尬又煎熬。对于怀有政治抱负的他而言，没有什么比踌躇满志的自己被一次次打压排挤更让他糟心的了。在这种境遇下，李商隐通常会用创作诗歌的方式来抒发情感：有时指陈时局，借古讽今，语气严厉悲愤；有时咏物抒怀，忧郁感伤，排遣苦闷和不安；更多时候会用他精微锐敏的感受去创作辞藻华美、意象朦胧的爱情诗，开辟出一个安放心灵的梦幻境界。

久在官场上漂浮起落、痛苦挣扎，李商隐也时而萌生退意，曾表达过"渴然有农夫望岁之志"的意思，还模仿过陶渊明的意境风格创作田园诗歌。也许是一次偶然的机会，他深入到乡间与一位田叟有了较多接触，这让他心灵有了触动，也更加喜爱田园生活的单纯和质朴：

挑着竹器的老翁看起来很有情致，我们相遇之后就携手一起绕着村子行走。

早晨田地里草木焚烧的火光映照着远处的山色，傍晚砍伐树木的声音在深谷中回荡。

李商隐可能并不认识这位田叟，只是在乡间偶遇时稍稍打量，便感觉老者似有情致，再一交谈更觉得两人投机。于是他们携手相扶在乡间漫步，从早上的焚草火光，走到傍晚的伐木声响。这期间他们在攀谈什么？或许是庄稼收成，或许是邻里趣事，或许是生平过往……总之，通过一番交流相处，李商隐心里畅快惬意，颇有感触：

没有心机的人与鸥鸟反而和谐相处；本来亲近的人一旦得志，却如同素昧平生。

扪心自问，真是要感谢这位真诚正直的老翁，让我吃惊的是竟有人说朝廷之外没有贤能之人！

李商隐感觉到，这乡间的人如同鸥鸟一样，单纯自然、本性淳朴，可以和谐融洽地共处于天地间。这反倒让他觉得自己此前有多么可笑和可怜。原本以为最亲近的人，却在得意后忘掉了彼此间的情谊，成为最熟悉的陌生人。这最亲近的人，甚至可能还是官场上最排斥自己的政敌，这让李商隐感到极度的失望。他看着眼前这位老者，真诚朴实得令人肃然起敬。他猛然惊悟：老者不就是真正的贤者吗？难道不正是古往今来人们推崇的人格典范吗？这样的人不应该被国家重视吗？然而现在竟然还有一些人敢大言不惭地说"在野无贤"！

一位整天在农田里与粮食打交道的老翁，没有机会在政坛被委以重用，但是他的品性在李商隐眼里却是善良珍贵的，是彼时那些满腹心机诡计的达官显贵所不具备的。李商隐被乡间的氛围和农民的品格所净化，将原来愤懑不平的心情都洗涤为对老农的诚挚感激和对官场的无奈嘲讽。

大诗人把这一天的所见所感创作成诗歌赠送给老者。老者也许未必能读懂诗的深意，但一定会视若珍宝、悉心收藏。而对李商隐来说，老者给予他的精神财富似乎更加难能可贵、影响深远。

粮言——

寄粮题咏

环境造就人。乡间的生活简单规律，田叟的心地就纯净质朴；朝政的氛围钩心斗角，官员的关系就复杂多变。种粮之人也许没有经国之才，却拥有着栋梁之人所欠缺的立身之本。李商隐从农田里获得了力量，平复了人生的坎坷。

露积如山垅

湖海元丰岁又登[1],
稆生犹足暗沟塍[2]。
家家露积如山垅,
黄发咨嗟见未曾[3]。

——北宋·王安石《歌元丰五首·其二》

---

1 **湖海**:湖泊与海洋,此处泛指五湖四海、全国各地。 **元丰**:是北宋神宗赵顼(xū)的一个年号,即公元1078—1085年的8年。 **登**:原意是双手捧着盛放食物的器具向神灵进献,祈祷丰收。此处指一年收成好。 2 **稆**(lǔ):野生稻。 **沟塍**(chéng):沟渠和田埂。 3 **咨嗟**(jiē):赞叹、叹息。 **见未曾**:未曾见过。

人最大的成就感，莫过于梦想成真，同时还能对社会有益。当看到人们喜获丰收、稻谷成堆的时候，王安石内心泛起一丝成就感。

又是一年各地迎来大丰收！稻子生长茂密，遮挡住光线，使沟渠和田埂变暗。

家家户户堆积的粮食就像山丘。老人感叹平生未见过这样的景象。

这次的丰收，对王安石而言意义非凡：既是粮食在自然界的丰收，更是变法在他内心的丰收，实在来之不易！

北宋立国后，执政者深刻吸取唐代衰亡的教训，严防地方割据势力壮大，全方位强化中央集权。通过收归行政权、财权、军权，增加官职数量，实行养兵政策等措施，巩固维护了中央的权力，但也出现了冗员、冗费、冗兵的弊端，造成国家积贫积弱、面临内忧外患的局面。有志之士纷纷寻求改革途径，力图扭转颓势。宋神宗即位后，渴望尽快消除弊病、化解危机，非常信任和器重王安石，大力支持他的新想法、新举措，由此拉开了一场规模浩大、影响轰动的改革运动，史称"王安石变法"。

变法是一次整体配套体制改革，涉及国计民生、军事等各方面。对普通农民而言，不少制度是关注和体恤农民疾苦的，对缓解社会矛盾、促进经济发展有很强的针对性。比如，免役法是为了把农民从繁重劳役中解脱出来，保证劳动时间；方田均税法是为了清丈全国土地，减轻农民赋税负担；农田水利法是为了鼓励垦荒和兴修水利，促进农业生产发展。尤其值得重视的是青苗法，本着避免农民受到民间高利贷剥削的初衷，官府要在每年二月、五月青黄不接时给农民贷款、贷粮，发挥鼓励和补助农民耕作的作用。

但是，事与愿违。王安石的变法理念虽好，在执行过程中却出现了很多问题，并没有达到预期效果。比如，青苗法最终演变成官吏将陈旧的霉粮贷给农民，要求还粮时必须是新粮；贷粮的时候斤两不足，收粮的时候故意压秤，使得农民要支付的实际利息比原本高利贷还要多。另外，地方官吏为了完成上级下达的放贷指标，不看实际需求，强行摊派，使得农民负担依然沉重，苦不堪言。

变法更大的阻力来自上层，王安石损害了贵族阶层的利益，遭到强烈反对；并且变法的制度和执行都有些激进，与保守派官员的政治理念格格不入，也遭到激烈抨击。雪上加霜的是，就在变法实行期间，天公不作美，各种自然灾害频发，导致粮食减产明显，社会氛围极为紧张。于是，人们便把矛头直指王安石，认为是他的变法造成了眼前的困难局面。众口铄金，积毁销骨，王安石在一片声讨声中，辞官归隐。此后其变法也逐步被废除，不过部分措施还在继续沿用。

为了结束混乱不利的时局，宋神宗决定变更年号，将"熙宁"变为"元丰"，新的年号显然寄托了对丰收的希望。精诚所至，金石为开。尽管在更改年号之后的几年里也小灾不断，但严重灾害的发生频率较之前有明显的降低。就在所有人都重燃生活希望之火的时候，各地喜获丰收的喜讯适时传来，人们更加珍惜眼前的风调雨顺。在这样的背景下，王安石心生喜悦，先后写了《元丰行示德逢》《后元丰行》《歌元丰五首》等"元丰行"系列诗歌，热情地讴歌了元丰年间五谷丰登、人民生活安居乐业的太平景象，颂赞宋神宗支持变法的功德，同时也以此印证自己变法的正确性、有效性。

创作这些诗歌之后的五年，宋神宗驾崩，变法被彻底废除。又过了一年，王安石病逝。此后，北宋朝野党派互相倾轧，政局陷入不可自拔的泥沼，国运衰落的形势越发严峻。

人们也更期待重现丰收胜景了。

粮言——

是变乱宗法、祸国殃民，还是心系天下、锐意改革，人们对王安石的评价两极分化。事实是，他在国家困难时选择挺身而出，实施新法的初衷也是化解积弊、为国图强。无论如何，他在遭受非议的同时，庆贺丰收的心是真诚的。

贫中更相思

悬磬斋厨数米炊[1],
贫中气味更相思。
可无昨日黄花酒[2],
又是春风柳絮时。

——北宋·黄庭坚《答余洪范·其一》

1 悬磬（qìng）：磬，古代打击乐器，泛指器皿。悬磬即悬挂器皿，形容空无所有、非常贫困。　斋厨：寺庙的厨房，这里形容厨房清冷。　2 黄花酒：菊花酒。

"贤哉，回也！一箪食，一瓢饮，在陋巷，人不堪其忧，回也不改其乐。"（《论语·雍也》）

  当一代代文人志士吟咏着经典文句的时候，一个心灵上的港湾便在人们心中搭建起来了。虽然追求物质上的富裕是人们的共同愿望，但退一万步而言，如果生活的帆船实在无法驶向繁花似锦的彼岸，那么，清贫困苦似乎也不是无法忍受的——像颜回一样"安贫乐道"，不啻另一种人生格致。

  北宋著名文学家、书法家黄庭坚，出身于显赫的官宦之家，自幼熟读经史典籍，对古圣贤安身立命之道应当是默会于心的。然而知易行难，面对纷繁错杂的生活境遇，如何笃守君子本色最考验人的真正品性。就此而言，黄庭坚堪称典范。他的人生旅途，总体上看是步履稳健的，但这并不意味着命运对他格外眷顾。只能说黄庭坚在良好的先天禀赋基础上凭借自身的才华、修养和鸿志一次次化解掉不期的坎坷，摆脱了难熬的困境，而使得人生旷达绚烂。

  身处低谷见真心，黄庭坚在诗作《答余洪范二首》中就表露出他为人处世的态度与境界。这首诗作于何年难以考证，关于"余洪范"的信息也很少见诸史籍记载。黄庭坚的诗文集中有一篇题为《发赣上寄余洪范》的文章，以及在《跋东坡诗》中提到在建中靖国元年（公元1101年）六月与余洪范一起同行过。据此推测，余洪范也许是黄庭坚的江西老乡兼好友。黄庭坚曾经被降职以及贬谪，处境不佳，心情低落，也许这就是这首诗的创作背景。《答余洪范》是黄庭坚回应好友的两首诗，其中一首诗提到"一家同雪月，万事废机关。天上麒麟阁，山中虎豹闲。何时得丘壑，明镜失朱颜"，隐喻自己闲无所成，哀叹时光飞逝；另一首诗更加直白地指出了他当时生活窘迫的现实，同时也更反映出他的心境：

  家里空空荡荡，下厨只用几粒米做米汤，贫穷的时候反而加深了思念之情。

  可以没有以前的菊花酒，因为又到了春风吹拂柳絮飘动的时节。

  粮食是生活必需品，当一家人吃饭只能喝米粥的时候，说明生活已经不宽裕。然而，诗人是受颜回"箪食瓢饮"熏陶的君子，对他而言，口腹之苦只不过是他磨砺圣贤品格的砥石而已。并且,越是在这种物质困难的境遇下,越应该关注内心的感受、精神的追求。于是,他平静淡定地看着自己清贫的家,反而更加思念远方的朋友。眼前没有以往举杯饮酒的热闹,但那又何妨呢?春风吹动柳絮,充满生机的未来才刚刚开始!达观有志的心态使他度过艰难的低谷期,也沉淀为他品格中最坚实的部分。

从黄庭坚的生平来看,他遇到过几次比较大的坎坷。对此,他始终从容淡然,并借以转危为机不断完善自己。比如,他因为与苏轼有诗作往来而受到苏轼政敌的攻击。与很多急于与苏轼撇清关系的人不同,黄庭坚在遭受严查审问的时候,即便当时尚未与苏轼谋面,但依然坚持力挺他——基于对大文豪的崇拜与信任。这种正直做派与侠义肝胆,成为以后他与苏轼交密情深的基础。又如,因为编史而被朝中奸人诬陷,黄庭坚被贬谪到西南地区。仕途被堵,自有文途。黄庭坚在新环境里迸发出文化创新和普及的热情,亲自创办当地第一所私塾,授课讲学;收集杜甫在巴蜀创作的诗文,刻成诗碑;致力诗词书法的创作,宣教弘道。他虽身处边远之地,但开拓了艺术的新境界,从此跻身到北宋的文化中心,并影响百世。

另外,更值得一提的是,黄庭坚无论在事功顺达之时还是在逢难低落之时,他侍奉父母都尽心尽力,恪守孝道。他亲自为母亲清涤马桶的事迹——"涤亲溺器",成为我国古代"二十四孝"之一,被后人歌颂。

粮言——仓廪实,是大众的现实追求;贫中乐,更显君子的崇高境界。没有什么遭遇能使黄庭坚消沉萎靡,因为他心中有道:无论身处怎样的环境,他总能在立德、立功、立言三者中寻求出路,甚至找到平衡,让自己乐在其中、精神不朽。

众生皆得饱

耕犁千亩实千箱[1],
力尽筋疲谁复伤?
但得众生皆得饱,
不辞羸病[2]卧残阳。

——北宋·李纲《病牛》

---

1 箱:车箱,运储粮食用。　2 不辞:不推辞。　羸病:衰弱生病。

大概在六七千年以前,"牛"开始被华夏先祖驯化为家畜,此后就与人类的生活、生产紧密不可分。

我国自古以农立国,牛是重要的生产工具、运输工具。每当春季万物复苏时,人们便牵着牛走进待垦的农田里,让它们翻耕土地、承载运输、拉磨碾籽。牛的力气大、耐力好,它们的助力使农业生产的效率得到质的提升,保障温饱安全的能力有了明显增强,生存空间也得到了显著扩展,为中华上千年的农业发展做出了巨大贡献。

另外,作为农业社会人类的忠实伙伴,牛在人们心目中是富有灵性的,是能在人与神灵之间担任纽带的。因此,在古代重大仪式典礼上,牛是人们祭祀天地神祇的贵重祭品,有着崇高的信仰和仪礼意义。

牛是古人敬拜、推崇的文化形象,它们的隐默、坚韧、奉献精神,伴随着牛耕、牛车等文化遗产,以及千百年来被它们耕耘过的广袤良田,已经深深刻进了中华农业文明的功勋碑上。然而,与其贡献同样昭昭于世的事实是,它们受尽了劳苦,很多时候没有得到应有的尊重与同情,甚至还遭到了冷眼嘲讽与残酷对待……

人,有时跟牛一样。

饱受濒临亡国之辱的北宋名臣李纲,为抗击金兵的野蛮侵扰而呕心沥血、鞠躬尽瘁,为应对佞臣的逸言排挤而备受打击、身心憔悴。当他惆怅地走到被战乱侵扰的农田边,看到一头病牛卧倒在夕阳下的剪影时,内心感到了阵阵酸楚,随即又产生了些许安慰——于是他喃喃吟道:

病牛耕耘了千亩地,生产粮食充盈了无数粮仓,累得精疲力尽又有谁来怜惜呢?

但它为了众生都能吃饱,即使病倒卧在残阳之下,也没有推辞过。

此时的他,仿佛与这头病牛是一体的。他们生活在残阳之中,失去了光芒四射的活力,即将迎来的是黄昏之后的黑夜。他们曾经默默耕耘,倾力付出,即便自己累了、病了,也还在一直坚持,可是有谁能真正地在意他们、怜悯他们?还好,自己做的事情,是对的,是为众生的,那还有什么可推辞和抱怨的呢?心安,即是归处。

此时的牛，仿佛又是无数劳苦农民的化身。他们是整个社会物质财富的根基，一代代凭借着持久的辛勤和无尽的付出，苦苦支撑着生命的延续、家庭的聚合、社会的安定、国家的财力。他们几辈子都生活在年年枯荣往复的土地上，好像做不了什么惊天动地的伟业，也没有什么大展宏图的机会，更不敢说要为万世开太平、谱华章。他们只是传承着祖训，细心挑选每一粒种子，精心打理每一株庄稼，耐心坚持每一天的付出。脚下踩着千亩农田，心里盼着千箱粮谷，日复一日，默默地，像牛一样地耕耘。然而，多少风云激荡、时代突进的时刻，都是从这些普通又单一的日子中萌芽生长出来的。只是他们自己身处其间，无法自知而已。

牛病了，李纲病了，农民们病了。这病，源于他们身体的劳累，但主要还是由心理创伤所致。他们是真正的贡献者、建设者，虽然一直勤勤恳恳、坚韧顽强，但总有累的时候。然而这时却没有得到理解、同情和关心，反而继续被利己者、破坏者贬低，驱使，甚至是剥夺。这样的天道不公与是非颠倒，给他们带去了伤害，使他们靠着残阳羸病卧倒，无力愤抑，只能静默。

他们的病，不知何时能痊愈，也许在黑夜之后红日初升的时候？希望那时一切都是暖洋洋的，不再那么阴冷潮湿。

粮言——

牛是温顺、沉默、勤劳、坚韧的，因此人们用牛的精神来激励自己。人们笃信，只要自己的品性人格像牛一样持久有力地在田中耕耘，那么功业就会像粮食一样充盈千箱万仓。更要学习发扬的是，为众生而不辞辛苦的崇高境界。

食粥致神仙

世人个个学长年,
不悟长年在目前。
我得宛丘平易法[1],
只将食粥致神仙。

——南宋·陆游《食粥》

---

[1] **宛丘**：北宋诗人张耒（lěi），与黄庭坚、晁补之、秦观并称"苏门四学士"。因张耒居所在宛丘（古时又称陈州，位于现河南周口市淮阳区），又撰有《宛丘集》，因而得此名。　**平易法**：平和简易之法。

相比于山珍海味、佳肴美馔，粥的味道是再清淡不过的。然而，清淡并非无味，有的人甚至能从清淡中品出至美之味。

曾经戎马征战沙场的陆游，晚年退居家乡。虽然他收复中原的信念坚定不移，但毕竟受时局所限，力有不逮。于是他将更多精力放到了诗文创作上，借以抒发政治抱负、反映人民疾苦、记录日常感触。他的诗文，涉及民族大义的，会饱含一腔热血，呈现出雄浑豪放的风格；涉及日常生活的，则充满真趣至理，多为清新之作。诗人观察细微、情感细腻，善于从平凡生活中发现亮点。这首《食粥》，就是他对粥的体悟与发现：

世间的人都想学得长寿之道，却不曾领悟到长寿的秘方就在眼前。

我得到了张耒平和简易的养生方法，只需要食粥就可以延年益寿成为神仙。

长寿甚至长生，是人们的美好愿望。对孜孜不倦力求实现此愿望的极端者，如秦始皇，一心想要寻找长生不老之法，痴迷寻丹问药，委派徐福率五百名童男童女乘船东渡瀛洲寻仙草，最终一无所获。还有一众魏晋名士，特立独行、狂放不羁、率真洒脱，将炼仙丹、吃神药、求长生升华为一种文化生活方式，但反而影响了健康。基于对生命延续的渴求，"个个学长年"的话题常谈常新，人们都在努力探求良方。陆游的复国大志尚未实现，自然也希望能有更多时间来完成使命，所以对长寿话题多关注了一些。北宋诗人张耒在《粥记》中提到："每晨起，食粥一大碗。空腹胃虚，谷气便作，所补不细。又极柔腻，与肠胃相得，最为饮食之良。"陆游了解到张耒的长寿之法，对此表示认同："张文潜有食粥说，谓食粥可以延年，予窃爱之。"（《食粥》序）也许陆游也有食粥的习惯，与张耒有共同感受，因此，他在诗中自豪地宣扬：其实长寿的秘诀就在眼前——食粥。

对于普通人而言，粥是家常便饭，与传说中能让人长生的"仙草""丹药"不可比拟，那么它真的有延年益寿的功效吗？从营养学的角度来说，粥的主要成分是米和水，富含淀粉、脂肪、蛋白质及多种矿物质，特别是粥熬好后上面漂浮着的一层黏稠的物质，又称为"米油"，具有很好的滋补作用。从口感的角度来说，粥具有温、软、淡、香、黏等特点，入口细腻顺滑，利于肠胃消化吸收，又可促进津液分泌，会使人的味觉产生愉悦感、身心产生舒适感。由此来看，粥对人体健康确实有益。

然而，对大诗人、大文豪而言，粥的文化意义和精神象征也许更有利于健康，这才是"致神仙"的关键所在。米是坚硬的，因此粥需要熬制。熬粥要用小火持续地加热，快不得，也停不得——快了，焦煳变质；停了，前功尽弃。熬这一碗粥的过程，也是在熬一个人的执着和耐心，考验的是能否守得住初心、耐得住寂寞、抗得住艰难。粥，在陆游眼里似乎已经不再是粥，更像是人生阅历。另外，通常来讲，粥的味道是清淡的。不同于辛辣之味的刺激鲜明，要从粥中尝出滋味，必须调动味蕾的最大敏感性，细细地、慢慢地品咂，这样才能感受到粥的醇香真味。心浮气躁、囫囵吞枣，是无法品尝出其中精髓的。

因此，张耒的"平易法"，其实一点儿也不平易。也许普通"外人"会对这一份粥熟视无睹、不屑一顾，继续探求各种长生之法；然而深解平易之道的"内行"就能从一份粥中发现细腻之美、静谧之美、平和之美、持续之美，这是境界的体现、精神的彰显，是真正可以让人长生不老的，一直延续下去的文化生命。

陆游确实比较长寿，八十五岁辞世。不过他"九州同"的心愿未了，再好的粥也难解他的心忧。

粮言——

平中显奇，淡中有味。憧憬耀眼绚丽，渴望轰轰烈烈；追求富丽堂皇，往往热闹而短暂，容易流于虚浮。安于质朴本分，保持平静淡然，常常真味愈浓、历久而弥珍。粥如人生，在平淡中品回甘。

喜极还垂涕

稚子呼牛妇饁[1]耕,
早秧水足麦风清。
老农喜极还垂涕,
白首安知[2]再太平。

——南宋·刘克庄《三月二十一日泛舟十绝·其九》

1 **饁**（yè）：给在田里耕作的人送饭。　2 **安知**：怎么知道。

诗人吟诵出的诗句，或平淡无奇，或雄壮恢宏，或精巧雅致，或通俗浅白……然而要真正了解其诗心所在，还要从这些各色诗歌形态中探幽发微。

刘克庄是南宋著名文学家。据《后村先生刘公行状》（南宋·林希逸）记载，他"生有异质，少小日诵万言，为文不属稿，援笔立就"，可见是极有天赋的文人。他早年学习"晚唐体"，诗风奇巧精致，并且与"江湖派"联系紧密，受其影响较大。南宋文坛上出现的"江湖派"，主要是由功名不成、浪迹江湖的文人引领的文学流派。他们的文学作品，或题咏山川，或记述事件，总体上表达了对朝政的不满、对战乱的抨击、对民众的同情以及厌恶仕途、羡慕隐逸的情绪。

不过，"江湖派"存在着境界不高、气度狭小、率意粗糙的弊端。刘克庄作为"江湖派"派中少有的官居高位者，随着阅历的不断丰富和对文学理解的逐步加深，慢慢摆脱了"江湖派"的影响烙印，开始关注时事、直面现实、揭露恶政、讴歌生活，开拓出文学创作新风格、新局面。

文学上的变化，与刘克庄跌宕起伏的生平际遇有极大关系。他一生仕途坎坷，先后四次进朝政、五次被罢黜，在职的多数时间都被贬斥在外。从政治功绩而言，他当官不算成功，但这样的经历使他有机会对社会生活和民俗风情有更广泛、更细腻、更深刻的了解体察，视野因此大开，心胸也更加阔达，诗歌内容和风格也丰富鲜明了起来。

淳祐四年（公元1244年），五十八岁的刘克庄处于免职状态。三月二十一日，他趁着春光明媚泛舟游于湖上。看到乡间景色，他触景生情、诗意顿生，一天之内竟写了十首七言绝句。十首诗总体上表达的是他达观积极的态度，多有抒怀之意、赞颂之词。如其中的第九首，就描绘了农忙的场景，洋溢着欣欣向荣、祥和喜乐的气氛：

> 孩子呼喊着耕牛，妇女去田间送饭。
> 秧苗汲取了充足的水分，风中有麦子的清香。
> 年长的农民看到欣欣向荣的景象，不禁喜极而泣。
> 头发都花白了，哪里知道以后还会不会有这样太平的日子。

其实，只要是气候正常的年份，春耕的场景都大致如此。诗人笔下的描绘，也并没刻意夸张，反而语句通俗质朴，让人倍感清新恬淡。不过，仅仅客观描摹眼前所见之景，似乎还不符合刘克庄的诗心，他平静的诗句之下，还潜藏着更深的意蕴。

南宋后期，社会颓势明显，政治更加黑暗，国势江河日下，失地也难以收复。刘克庄有匡世济民的担当，也热切关心国家命运，但他在政治上屡受打击。个人仕途事小，国强民富事大。他愁苦和悲愤的是人民正在经历痛苦辛酸的生活。在一个平常的日子，面对一个平常的场景，他惊讶地发现：老农对这样再平常不过的生活竟然会喜极而泣！这仅仅是春耕时节，对于粮食从种到收的整个过程而言，不过才刚刚开始。一阵夹杂着麦苗香气的春风就让农民如此激动，可想而知，他们此前都遭遇过什么，此刻又在珍惜些什么。

于是，已经白发紫鬓的刘克庄感叹道：不知还有没有"再太平"的未来……话语中分明饱含着他对国运民命的危机感、紧迫感和焦虑感，尽管他的语调是轻盈的，没有沉闷抑郁的痕迹。诗人的高妙就在此，能用云淡风轻的方式，表达对风云莫测的忧虑，乐观淡然的背后其实藏着巨大的悲怆怜悯。

粮言——

天道有常，万物并育；人道无序，众民苦生。粮食受制于天，但更受制于人。仁政实施得足，水源就足；政风涵养得清，麦风就清。愿人们能够纯粹地喜极垂涕，不再有对太平生活的担忧。

味之有余美

种豆南山下,霜风老荚鲜[1]。
磨砻流玉乳[2],蒸煮结清泉。
色比土酥[3]净,香逾石髓[4]坚。
味之有余美,五食[5]勿与传。

——元·郑允端《豆腐》

1 **荚鲜**：未成熟的豆角。 2 **磨砻**（lóng）：磨碎豆谷的器具。 **玉乳**：洁白如玉的豆汁。 3 **土酥**：萝卜的古称。 4 **石髓**：矿物名，又名玉髓，半透明有光泽，即钟乳石。 5 **五食**：即"五鼎食"，列五鼎而食，形容豪奢生活。

大豆作为粮食,对人们的生活而言,既有保障性,更有文化性。

大豆也曾是主粮,古籍记载"韩地险恶,山居,五谷所生,非麦而豆,民之所食,大抵豆饭藿羹"(《战国策·韩策一》),说明在山区里人们多依靠豆饭和菜羹维系生活。到了汉代初期,淮南王刘安,也就是汉高祖刘邦的孙子,掌握了制作豆腐的技术,发掘出大豆的另一番美妙形态。

豆腐色泽嫩白、质地柔软、味道醇香,广受大众喜爱,刘安的"淮南术"也被后人津津乐道。从此,大豆和以豆腐为主的豆制品,不仅成为餐桌上花样繁多的美味佳肴,还被赋予很多文化意义,成为人们赞颂的对象。元代女性诗人郑允端,就通过诗歌《豆腐》鲜明生动地描绘了豆腐的特点:

在南山下种豆,久经风霜的豆角慢慢成熟。
磨砻转动,研磨出洁白的豆汁,经过蒸煮像凝结的清泉。
色泽比萝卜清澈,香气比钟乳石强劲。
它的美味有余不尽,相比之下奢华的"五鼎食"不值得一提。

从豆子的种植、成熟,到碾磨、蒸煮,再到诗人对豆腐的观察、品尝,诗句明快地勾勒出制作豆腐的过程。不过,诗歌不仅仅是一种记录和说明,更多的是诗人心志情感的抒发载体。作为一位有着强烈独立意识的女性诗人,郑允端显然要在这首诗中借助豆腐来表达出自己的真实内心。

郑允端出身苏州名门、儒学世家,自幼跟随父辈研习经典,文化底蕴、艺术造诣、哲思能力在当时都是女性的翘楚,人称"女中之贤智者"。她极富诗才,所创造的诗歌主题丰富、思想性高、诗境开阔、诗风多样,最重要的是诗中蕴含着女性自我意识。比如,她在诗歌《吴人嫁女辞》中提醒女性:对待婚姻不要被攀附门第之见而蒙蔽双眼,相比于朝三暮四、见异思迁的贵族子弟,嫁给忠厚的田舍郎、收获朴实真挚的爱情是更好的选择。她这份对女性角色的清醒认识、自尊自爱与善意规劝,在当时是具有进步意义的,放眼在中国传统社会浩瀚长河中也如同璀璨之星般的存在。另外,郑允端曾为自己的诗集《肃雍集》作序,提出"铲除旧习,脱弃凡近"的文学理念。这是中国古代文学史上现存最早的女性诗集自序,开风气之先。足以见得她对女性独立不仅有思想上的贡献,还有行动上的示范。

不过,她所处的时代并没有给她提供太多安心创作和思考的机会。当时,朝野政党斗争激烈、风雨飘摇,官员竞相豪奢、强征赋税,尤其是阶级矛盾和民族矛盾交错激化,使得汉族人民不堪忍受暴虐统治,纷纷掀起武装斗争。

在这样的时代背景下,郑允端的心中始终萦绕着一种伤世的情愫,并在诗句中抒发出对时局动荡的担忧、对国家命运的关注,甚至还有对建功立业的渴望以及不能精忠报国的遗憾。鉴于此,这首名为《豆腐》的诗歌,又岂止是在吟咏豆腐,她的生活、她的人格,不就是豆腐吗?

郑允端在"南山"下种豆,分明是向往陶渊明的怡然自得,经历"霜风"是现实必然的,这样豆子才能成长、成熟。之后还要不断地受到"磨砻"和"蒸煮"的考验和历练,去粗取精,进而炼出"玉乳",结为"清泉"。此时豆腐的质地是十分"净"的,豆腐的香气是无比"坚"的,豆子实现了形态的质变和境界的升华。这个淬炼凝聚的过程,使得纯洁清白的豆腐"有余美",而那些奢华浮夸的美食便相形见绌得"勿与传"了。

女诗人的才情细腻、精准、雅致,明写豆腐,实悟人生。诗歌句句有所象征、饱含寓意、发人深思。

粮言

食客有自己的寄托,粮食就有了自己的品格。大豆是满足人们饮食需求的物质粮食,更是陶冶人们情操的精神食粮。人们种的是大豆,也是在种理想;磨的是豆粒,也是在磨品性;品的是豆腐,也是在品纯净清白的人格。

寄粮题咏

官府宜爱惜

田家无所求,所求在衣食。
丈夫事耕稼,妇女攻[1]纺绩。
侵晨[2]荷锄出,暮夜不遑[3]息。
饱暖匪[4]天降,赖尔筋与力。
租税所从来,官府宜爱惜。
如何恣刻剥[5],渗漉尽涓滴[6]。
怪当休明[7]时,狼藉多盗贼。
岂无仁义矛,可以弥锋镝[8]。
安得廉循吏,与国共欣戚。
清心罢苴苞[9],养民瘳[10]国脉。

——元末明初·刘基《田家》

---

1 攻:致力。 2 侵晨:黎明。 3 遑:空闲。 4 匪:非,不是。 5 恣刻剥:恣意妄为,侵夺剥削。 6 渗漉(lù):水向下滴流,此处比喻为压榨百姓。 涓滴:极少的水。 7 休明:美好清明。 8 弥:更加。 锋镝:刀刃和箭镞。 9 苴苞(jū):包装鱼肉等的草袋,此处指贿赂。 10 瘳(chōu):病愈。

初心是什么？

是最初的心意，没有局限自由枷锁的羁绊，真诚、质朴；是最初的梦想，没有节外生枝欲望的干扰，纯粹、专一；是最初的认知，没有错综复杂思虑的掺杂，简单、清晰。当一个人常忆初心，常行初心，想必他是清醒、笃定、通透的。明代的开国功勋刘基，就是这样的人。

刘基，字伯温，名门之后，元末明初军事家、政治家、文学家，通经史，晓天文，精兵法。他辅佐贫农出身的朱元璋完成帝业、开创明代，还对恢复民生经济、维护国家安定做出巨大贡献。他料事如神，足智多谋，颇有声望，因此人们将"刘伯温"与"诸葛亮"相比肩。

贵为国家重臣，刘基没有安乐于高高在上、尽享功禄，而是守护初心、爱民安国。他的这首《田家无所求》便淋漓尽致地展现了他的初心：

小农之家没有什么过分的欲求，无非是温饱。农夫耕作，女人纺织。清晨扛起农具出门，深夜也无暇休息。不能靠天恩赐，要全赖自己的力气。

国家租税来源于他们，官府一定要重视他们，珍惜粮食。怎么能刻薄地剥削他们，一点一滴也不放过！

奇怪政治清明的时候，还有流民盗寇，那么就用仁德的政策作为更有锋芒的武器，消灭化解他们离乱的心。

还需要廉洁的官吏，能与国家同甘共苦，内心清正没有邪念，一心为民、巩固国本。

诗句起于"田家"，终于"国脉"，其中有他对民间细微的体察，有对政治高远的认识，展现出一个贤臣最真实、最鲜活的"家国情怀"。

他的初心，是对田家的切身同情。对普通家庭而言，吃饱穿暖就是最大的愿望。为了这个目标，家中男女老少各有分工，各尽其责，自食其力，忙碌充实，不怨天尤人，全凭勤劳的双手。这样的同情心，源于刘基对劳动人民本性的真实认知，剔除了种种阶级的、民族的、善恶的偏见，颇有人情味儿。

他的初心，是对官府的警醒要求。国家靠什么存在？官府靠什么运转？靠人民！自力勤奋的人们，不仅供养了自己，还向国家缴纳了租税,成为朝政经济的主要来源。官府应当明白这个道理,抱持感恩心,珍惜人们的劳动成果。刘基的政治地位,有资格提出这样的施政要求。在一众自命高贵、尸位素餐的官员当中,有几人能有他这样的清醒和纯真?

他的初心,是对仁政的殷勤期待。政局混乱、群寇蜂起的原因有很多,但最核心的因素,还是人民没有了生活的出路,被迫为寇。人们的要求并不高,满足了吃穿就好。国家和盗寇之间,看似是冲突激烈的矛与盾关系。实际上,如果实施了让人们生活得到保障的仁政,那么就能作为最锐利的"矛",去刺破群寇的"盾",化解掉对立情绪。刘基是在倡导以德治国,走"王天下"的理想道路——古代圣贤最初的治国良方。

他的初心,是对人才的强烈渴望。国家的兴盛,不能单凭有仁德的治理理想,关键还要依靠千千万万、与人民直接联系的基层官吏,他们是国家"君"与"民"之间的纽带,是王朝大厦的四梁八柱。如果官吏对人民刻薄剥削,那就会掘断国家的根基。因此,刘基十分渴望能找寻到心系百姓、情共国家的"廉循吏",这是养民安国的关键之举。

刘基对人民、对人才、对官府、对国家抱有深情,初心昭然。他看待问题,简洁、客观、深刻,直击本质,因为他极度厌恶"金玉其外,败絮其中"。

试问,有多少初心被金玉裹挟住,而成为败絮的?

粮言——

国家的初心是养民安社稷,人民的初心是有产保衣食。爱护人民,重视农业,珍惜粮食,不忘生活的本源,不失最初的本分,就是最大的仁政。万变不离其宗,法则定理就在民心。

农家乐事同

古原[1]浮夕照,灌木转晴风。
人影梅苔上,鸡声竹树中。
炊烟通壑瞑[2],积黍验年丰。
长吏无苛政,农家乐事同。

——明·顾璘《山中晚兴二首·其一》

---

1 **古原**:苍古广阔的原野。 2 **瞑**:昏暗。

人生境界不同，关注重点就不同。

中国当代哲学家冯友兰将人生境界分为自然、功利、道德、天地四层（《新原人》），分别对应"自然人"的生理本能、"理性人"的追逐私利、"社会人"的发扬公德、"天地人"的万物一体四个价值取向。自然境界是人们生存的基本前提，天地境界是精神追求的终极目标。绝大多数人处在功利境界和道德境界上。其中，君子因为深刻理解个体与社会的互促关系，格外重视公德，为人处世的出发点和动机就是"利他"，所作所为的目的就是利于社会——这样的人就处在道德境界上。

正心、修身、齐家、治国、平天下……我国历史上不乏为国为民操劳忧心、鞠躬尽瘁的明君贤臣、有志之士，他们是道德境界的代表。明代官员、文学家顾璘就是其中一员。

顾璘少有才名，以诗著称于时，官至南京刑部尚书。他廉明为官、心系民生，守一方乡土，就福泽一方百姓，有很高的声誉。不过，他秉直守法、绝不徇私的风格使他一再得罪旁人，时常受到朝中小人的陷害，多次被贬谪降职。他曾任台州（今浙江临海市）知府，后被贬到别处，临行时台州的百姓对他依依不舍，巷哭不断，足以说明他在民众中的威望。对于顾璘屡遭谤议，也有一些贪利怕事的人因担心受到顾璘的牵连而对他畏惧、躲避，使得顾璘的境遇处于困厄之中。他的好友、著名书画家文徵明对此却感到"窃为君喜"（《送开封守顾君左迁全州叙》），认为顾璘被奸佞小人诋毁，反而能让世人见到他刚正不阿、不屈势力的真品性，对涵养君子美德而言是件好事。更重要的是，应该以此为激励继续保持自己的高洁品格，也继续身体力行为民谋福。也许，只有文徵明这样的至真好友才能理解顾璘的追求，而不是从"功利"的角度来判断他的得失荣辱。处在道德境界的人，不屑于计较功利层面的事。

不过人生境界再高，也很难从黑暗现实的困局中突围而出。顾璘始终秉持自己的准则行事，即便政绩颇多也仍会处处遭受诬蔑。因此，他的仕途屡次被免又屡次起任，几经挫折坎坷，晚年也躲不过被谤受辱之祸，直至一生终结。他也苦闷低落过，把很多情绪都抒发在谪宦时期的文学作品中。不过，无论遭遇怎样的处境，无论将何种题材入诗，他的诗歌总能反映出仁德君子的精神境界，尤其是饱含着对百姓的殷切关爱。比如这首《山中晚兴二首·其一》，在平静细腻地描绘山景的同时，更彰显出对民生的热忱关心：

夕阳余光洒在原野上，晴朗暖风吹动灌木丛。
枝干长苔藓的梅树上映有人的影子，鸡鸣声响彻于竹树之间。
房屋升起的炊烟飘向幽暗的山壑，堆积的粮食说明这是一个丰收的年份。
官吏没有滥施繁重的赋税、苛刻的法令，农家之人就有共同的幸福安乐。

这是一副令人坦然、心安的生活场景。恰逢丰收之年，家家有成堆的粮食，户户飘起袅袅炊烟，在夕阳铺洒、草木摇曳之中，人影涌动、鸡鸣阵阵，这种人间的生机感和烟火气正是人们追求的平凡幸福。诗人由衷地欣赏并讴歌眼前的一切，不过他并没有把关注点多停留在表象上，而是思索出现农家乐的深层原因，他的答案是"无苛政"。他从社会治理的角度来关注百姓的同乐，这既体现了他作为一位官员应有的责任担当，更体现了他作为一位君子应有的为民情怀。尤其是点明"无苛政"与"乐事同"的因果关系，就像是在静谧山间呼出了一声惊天长啸，振聋发聩，提醒官吏自省自励。

这首诗是顾璘晚年在南京时写的。其实一生曲折的仕途和尔虞我诈的官场，早已让他有了归隐的打算。只是他还想为社稷福祉多做一些贡献，因此依然会身心交瘁地坚持下去。边走边感叹："自叹百年客，离尘复入尘。关山南路微，风雨独行身。"（《凭几集·自叹》）

粮言 ——

寄粮题咏

政通，为了人和；政通，才能人和。如果政界没有心系国家、胸怀天下、践行公德的人，而被专谋私利、钩心斗角、贪婪腐败的人占据，那么就会苛政泛滥，民无乐事。

有志独无田

稻香秫¹熟暮秋天,
阡陌纵横万亩连。
五载输粮女真国²,
天全我志独无田。

——明末清初·归庄《观田家收获》

1 秫（shú）：黏高粱，此指黏稻。崔豹《古今注》："稻之黏者为秫。" 2 五载：从顺治二年（公元1645年）清兵占领江南至顺治六年（公元1649年），正好是五年。 输粮：缴田赋。 女真国：指清代，其祖先为女真人。

粮食是生存之源，人人都需要。然而明末清初的诗人归庄却是另类，偏偏庆幸自己没有粮食。因为在他眼里，粮食已然成为屈辱的象征。

归庄出身于书香门第，祖父是明末散文大家归有光，父亲是著名书法家归昌世。受到家学的熏陶，归庄早年就因博学多才而为世人所称道。若生逢盛世，想必归庄也会怀揣忠君爱民的热忱，稳步走上仕途，既能为政务殚精竭虑，又能为抒怀舞文弄墨。然而，他偏偏遭遇改朝换代的时代巨变，民族仇恨使他人生的总基调变得英勇、凌厉、悲情……

公元1644年，清军进入山海关内，随即迁都北京，并开始大规模南下。第二年，清军攻占归庄的家乡昆山，下令按照清人习俗剃发，士民大哗。归庄的兄长归尔德曾在抵御清军的战斗中浴血拼杀终至壮烈牺牲，他的叔父庄继登也不幸遇害。正统观念深厚的归庄本就对清军入主中原感到愤怒，至亲的离世更是燃起了他仇恨的火焰，于是他动员百姓闭城拒守，与清军对抗。但终究还是难以抵挡北方的铁骑，守城防敌失败，亲人乡里也死伤无数。归庄被清军指名搜捕，只能亡命他乡。后来他趁机潜返乡里，削发为僧，并改名为"祚明"（取"赐福大明"之寓意）以示他的志向。此后的人生，他注定要走上反清之路。

家乡被清军占领后的第五个年头，归庄感受着微冷的秋风，远望着山下的农田，此时正是一片粮谷成熟、农民丰收的景象，于是他吟咏道：

晚秋季节，稻秫成熟飘香，
万亩良田纵横交错，连绵广袤。

秋收当然是令人欣慰的事情，毕竟意味着农民的劳动有了成效。然而，诗人却无心欣赏这金灿灿的秋天，因为在他看来这似乎只是一种兴旺的假象。五年前的那场失败，已经让明代遗民变成了清代的"子民"。收获的稻谷将作为进贡之物而被输送到清人掌控的朝廷，支撑着清廷的军资、官员的俸禄等，没有多少能摆上百姓的饭桌。这次的丰收对百姓而言，无非是一场劳而无获的臣服行为。场面上有多么的热闹，人们内心里就有多么的屈辱。归庄虽然归隐当僧，但始终无法消除仇恨的挂碍。他同情百姓为生存不得不向清廷纳贡的悲惨遭遇，同时又坚定自己绝不屈从的决心。对此，他的态度十分明确：

> 给女真人送粮有五年了，
> 上天保全我的志气，使我没有农田。

这位明代遗老、忠义之士，宁可决绝地让自己没有农田、没有粮食，也不想向清廷纳贡。在当时的社会大环境下，归庄诗中的"独无田"也充分映衬出他孤独勇敢的坚守。

其实，归庄并不孤独，他的同乡、一生的挚友顾绛，始终是他同道之人。归庄十七岁时与顾绛一起参加复社，坚持抗清。在归庄改名明志的时候，顾绛也改名为"炎武"——"炎"指"汉族"，"武"即"动武"，旗帜鲜明地弘扬反清复明的斗争精神。

之后，顾炎武曾暗中与归庄联系，密谋抗清事宜，但并没有取得实质性的成果。后来顾炎武变卖所有家产，北上考察山川形势，联结反清人士。同时致力于学术，提倡"经世致用"的实际学问和对器物的研究，在考据学方面成果显著。清代康熙皇帝曾广招明代遗老进行学术研究，顾炎武多次以死拒绝。而在昆山隐居的归庄也以卖书画为生，拒不仕清，终身甘为大明遗民。

两位挚友后半生分处大江南北，再也没有见过。但是他们志气相通、心灵相惜、情感相依，都以自己的方式诠释了怎样是"忠诚"、什么是"气节"。

粮言——

稻粒虽小，气节事大。归庄为保全气节而宁可无田的态度，与古时不食嗟来之食、饿死者遥相呼应。粮食可以维系人们身体的存续，固然重要，但气节却能彰显人们精神的可贵，更为重要。

附录 相关诗人简介

束 晳
（约261—约300）

西晋阳平元城人，字广微。博学多闻。张华召为掾，寻为贼曹属，转佐著作郎、博士。撰《晋书·帝纪、十志》，官至尚书郎。赵王司马伦为相国，请为记室。晳辞疾归，教授门徒。武帝太康时，汲郡人盗发战国时魏襄王墓（或言安釐王墓），得竹书数十车。晳在著作，参与考订论证，整理成七十五篇，内有《竹书纪年》《穆天子传》等。另著《五经通论》《发蒙记》等。有集已佚，今存《束广微集》。（摘自《中国历代人名大辞典》）

陶渊明
（365或376—427）

东晋庐江浔阳人，字渊明。一说名渊明，字元亮。陶侃曾孙。起家州祭酒，不堪吏职，辞归。复为镇军、建威参军、彭泽令。郡遣督邮至，潜不愿为五斗米折腰，安帝义熙二年，即去官隐居，赋《归去来兮》以明志。义熙末，征著作佐郎，不就。自以曾祖晋世宰辅，耻复屈身后代，入南朝宋，不肯复仕。所著文章，皆题年月。义熙以前，书晋代年号，南朝宋以后，唯云甲子。躬耕自资，嗜酒，善为诗文。私谥靖节。今存《陶渊明集》辑本。（摘自《中国历代人名大辞典》）

谢 朓
（464—499）

南朝齐陈郡阳夏人，字玄晖。少好学，文章清丽。起家豫章王太尉行参军。以文才为随王萧子隆所赏爱。与沈约、王融等同为竟陵王萧子良西邸八友。萧鸾（明帝）辅政，以为骠骑咨议，领记室，掌中书诏诰。齐明帝立，迁南东海太守。东昏侯失德，江祏欲立始安王萧遥光，谋于朓，不应。为江祏、遥光等诬陷，下狱死。善草隶，长五言诗，为永明体代表，世称"小谢"。有《谢宣城集》，后人有辑本。（摘自《中国历代人名大辞典》）

王 绩
（约590—644）

唐初绛州龙门人，字无功。王通弟。隋炀帝大业中举孝悌廉洁，授秘书省正字，不乐在朝，辞疾，复授六合县丞。性简放，嗜酒不任事，以世乱还乡里，著书东皋，自号"东皋子"。唐高祖武德中，以前朝原官待诏门下省，特判日给酒一斗，时称"斗酒学士"。太宗贞观初以疾罢归，以琴酒自娱。预知终日，命薄葬，自为墓志。工诗文，有集。（摘自《中国历代人名大辞典》）

戴叔伦
（732—789）

唐润州金坛人，字幼公，一作次公。为萧颖士弟子，工诗，以文辞著。代宗大历中，曾应刘晏召，于盐铁转运使府中任职。德宗建中中，曹王李皋领湖南观察使、江西节度使，叔伦入其幕府。皋征李希烈，留叔伦领府事，试守抚州刺史。民岁争灌溉，为作均水法，一郡便之。贞元四年，迁容州刺史，兼御史中丞、容管经略使，威名流闻。次年，上表请为道士，旋卒。有集。（摘自《中国历代人名大辞典》）

白居易
（772—846）

唐华州下邽人，祖籍太原，字乐天，晚号香山居士，又号醉吟先生。白季庚子。德宗贞元十六年进士。授秘书省校书郎。宪宗元和时，历迁翰林学士、左拾遗、东宫赞善大夫。宰相武元衡遇刺身亡，居易首上疏，请亟捕凶手。以越职言事，贬江州司马。穆宗长庆初，累擢中书舍人，乞外任，为杭州刺史，筑堤捍钱塘湖，溉田千顷。久之，以太子左庶子分司东都，复除苏州刺史。文宗立，入为秘书监，迁刑部侍郎。大和三年为太子宾客，分司东都，遂居洛阳。晚年奉佛，以诗酒自娱。武宗会昌二年，以刑部尚书致仕。卒谥文。工诗，倡导"新乐府"运动。诗文与元稹齐名，世号"元、白"。晚年与刘禹锡唱和，又称"刘、白"。有《白氏长庆集》等。（摘自《中国历代人名大辞典》）

薛存诚
（765—814）

唐河中宝鼎人，字资明。擢进士第，历官监察御史、侍御史、给事中、御史中丞。性和易，于人无所不容，然当官御事，毅然不可夺。僧鉴虚倚宦官为奸，后坐事下狱，存诚穷劾之，当以大辟。诏释之，存诚以死相争，鉴虚卒抵罪。存诚后以暴疾卒，宪宗深惜之。（摘自《中国历代人名大辞典》）

姚 合
（775—854以后）

唐陕州硖石人，一说吴兴人。姚崇曾孙，一说姚崇曾侄孙。宪宗元和十一年进士。授武功主簿，世称姚武功。敬宗宝历中为监察御史。文宗大和中，出为金、杭州刺史。入为谏议大夫，改给事中。时民诉牛羊使夺其田，诏朱俦覆按，俦以田归使，合劾发其私，以地还民。官终秘书监。工诗，其诗称武功体。与贾岛并称贾姚或姚贾。曾选王维、钱起等人诗编为《极玄集》。有诗集等。（摘自《中国历代人名大辞典》）

李 昂
（809—840）

唐朝皇帝。穆宗次子，敬宗弟。初名涵，后改现名。敬宗宝历二年，为宦官王守澄等拥立即位。初励精求治，出宫女三千余人，放五坊鹰犬，省冗食千二百余员，政号清明。后宦官挠权，乃用李训、郑注等，发动甘露之变，谋尽诛宦官。事败，训、注等被杀，帝亦被软禁。在位十四年，卒谥元圣昭献皇帝。（摘自《中国历代人名大辞典》）

李商隐
（813—858）

唐怀州河内人。字义山，号玉溪生。登进士第。累官东川节度使判官、检校工部员外郎。时牛僧孺、李德裕两党水火不相容，商隐本为牛党令狐楚门客，后娶李党王茂元女，虽始终与党争无关，仍因此为楚子绚所恶。后绚为相，商隐长期被排挤。工诗文，曾从绚学章奏，因习骈体，与温庭筠、段成式齐名，时号"三十六体"。诗与温庭筠并称温李。庭筠多绮罗脂粉之调，而商隐则感时伤事，颇得风人之旨。有《樊南文集》《樊南文集补编》行世。（摘自《中国历代人名大辞典》）

聂夷中
（837—?）

唐河东人，一说河南人，字坦之。出身贫寒，备尝艰辛。咸通十二年进士。久滞长安，补华阴尉。其诗多为五言，名篇有《咏田家》《公子行》等。有集。（摘自《中国历代人名大辞典》）

颜仁郁
（生卒不详）

五代时泉州人。事闽王王审知为归德场长。时土荒民散，仁郁抚之，三年而民用足。有诗百篇，宛转回曲，历尽人情，时号"颜长官诗"。（摘自《中国历代人名大辞典》）

崔道融
（生卒不详）

五代时荆州人，自号东瓯散人。唐时以征辟为永嘉令，累迁右补阙。唐末耻仕梁王朱温，避地入闽。有《东浮集》。（摘自《中国历代人名大辞典》）

文　同
（1018—1079）

宋梓州永泰人，字与可，号笑笑先生，世称石室先生、锦江道人。仁宗皇祐元年进士。历知陵、洋、湖州。与司马光、苏轼相契。工诗文，善篆、隶、行、草、飞白，尤长于画竹。有《丹渊集》。（摘自《中国历代人名大辞典》）

王安石
（1021—1086）

宋抚州临川人，字介甫，小字獾郎，号半山。王益子。仁宗庆历二年进士。授签书淮南判官。七年，知鄞县，兴修水利，贷谷于民，严整保伍，治绩卓著。历舒州通判、知常州。嘉祐三年，入为三司度支判官，上万言书，主张变法改革、培养人才，未被采纳。迁知制诰，以母丧去职。神宗即位,知江宁府,旋召为翰林学士兼侍讲。熙宁二年,拜参知政事,力主变法,与神宗意合,乃设置三司条例司,理财整军,力谋富国强兵。三年,拜同中书门下平章事。陆续颁行农田水利、青苗、均输、保甲、免役、市易、保马、方田等新法,又改革科举、学校制度。七年,因遭司马光、文彦博、韩琦等强烈反对,罢相,知江宁府。八年,复相。九年,再罢相,出判江宁府。元丰三年,封荆国公。卒谥文。提倡新学,曾与子雱及吕惠卿重释《诗》《书》《周官》,为《三经新义》;又撰《字说》,文字训诂亦多与前人不同。主历史变化之说,强调"权时之变",反对因循保守。诗文多反映社会现实,抒发政治抱负,风格雄健峭拔,文为唐宋八大家之一。有《临川集》,一名《王文公文集》,又有《周官新义》《诗义钩沉》《老子注》辑本。(摘自《中国历代人名大辞典》)

徐 积
（1028—1103）

宋楚州山阳人,字仲车。性至孝。初从胡瑗学。英宗治平四年进士。中年耳聋,屏处穷里,而知四方事。自少及老,日作一诗。乡人有争讼,多就取决。哲宗元祐初荐仕楚州教授,训诸生以君子之道,闻者敛衽敬听。转和州防御推官,改宣德郎,监中岳庙。徽宗政和六年赐谥节孝处士。有《节孝语录》《节孝集》。(摘自《中国历代人名大辞典》)

黄庭坚
（1045—1105）

宋洪州分宁人,字鲁直,号涪翁、山谷道人。英宗治平四年进士。调叶县尉。神宗熙宁初,教授北京国子监,才能为文彦博所重。知太和县,以平易为治。哲宗立，累进秘书丞兼国史编修官。绍圣初，出知宣州、鄂州。章惇、蔡卞劾其所修《神宗实录》多诬，贬涪州别驾，黔州等安置。徽宗即位，起知太平州，复谪宜州。工诗词文章，受知于苏轼，与张耒、晁补之、秦观并称苏门四学士。论诗推崇杜甫，讲究修辞造句，强调"无一字无来处"，开创江西诗派。擅长行、草书，楷法亦自成一家。有《豫章黄先生文集》等。（摘自《中国历代人名大辞典》）

李 纲
（1083—1140）

宋邵武人，字伯纪，号梁溪。徽宗政和二年进士。宣和间为太常少卿，金人南下，因刺臂血上疏，请徽宗禅位太子以号召天下。钦宗立，历任兵部侍郎、东京留守、亲征行营使。坚主抗金，反对迁都，积极备战，迫使金兵撤离。未几以"专主战议"被逐。高宗建炎元年，进尚书左仆射兼门下侍郎。力主联合两河义士，荐宗泽，然高宗意存苟安，为相仅七十五日即罢。后屡陈抗金大计，均未纳。卒谥忠定。有《梁溪集》。（摘自《中国历代人名大辞典》）

楼 璹
（1090—1162）

宋明州鄞县人，字寿玉，一字国器。楼异子。以父荫为婺州幕职官。除于潜令，以课最闻。历邵州通判、提举福建市舶、荆湖转运判官，迁知扬州兼淮东安抚使，累官至朝议大夫，所至多著声绩。致仕后，于乡置义庄以济族中之贫者。有《耕织图诗》。（摘自《中国历代人名大辞典》）

陆 游
（1125—1210）

宋越州山阴人，字务观，号放翁。少有文名。高宗绍兴二十四年应礼部试，名列前茅。因论恢复，遭秦桧黜落。孝宗即位，任枢密院编修官，赐进士出身。乾道六年，起为夔州通判。后入四川宣抚使幕，复任四川制置使司参议官。淳熙七年，提举江西常平茶盐公事，以发粟赈灾，被劾罢。十六年，任礼部郎中，劾罢，闲居十余年。宁宗嘉泰二年，召修孝宗、光宗实录。以宝谟阁待制致仕。工诗、词、散文，亦长于史学。其诗多沉郁顿挫，感激豪宕之作，与尤袤、杨万里、范成大并称为南渡后四大家。有《剑南诗稿》《渭南文集》《南唐书》《老学庵笔记》等。（摘自《中国历代人名大辞典》）

杨万里
（1127—1206）

宋吉州吉水人，字廷秀，号诚斋。高宗绍兴二十四年进士。调零陵丞。张浚勉以正心诚意之学，遂名其书房"诚斋"。孝宗初知奉新县，以荐为国子监博士。历太常博士、广东提点刑狱，进太子侍读。淳熙十四年以反对吕颐浩配享庙祀，出知筠州。光宗立，召为秘书监，出为江东转运副使。宁宗嗣位，乞致仕。后屡召不起。性刚直，不附韩侂胄。立主恢复之计。工诗，自成诚斋体，与尤袤、范成大、陆游号称南宋四大家。有《诚斋集》。（摘自《中国历代人名大辞典》）

胡仲参
（生卒不详）

字希道，清源（今福建泉州）人。仲弓弟。生平不见记载，就集中诗知其早岁曾在临安就学（当为太学），应礼部试不第，后以诗游士大夫间，游踪颇广，与冯去非等有交。诗集已佚，仅《南宋六十家小集》存《竹庄小稿》一卷（亦收《两宋名贤小集》）。胡仲参诗，以汲古阁影宋抄《南宋六十家小集》本为底本，新辑集外诗附于卷末。（摘自《全宋诗》）

虞似良
（生卒不详）

宋临安余杭人，寓居台州黄岩，字仲房，号横溪真逸，又号宝莲山人。孝宗淳熙中为兵部郎官，终成都府路转运判官。诗词清婉，善篆隶书，尤能古文奇字。有《篆隶韵书》。（摘自《中国历代人名大辞典》）

陈 宓
（1171—1230）

宋兴化军莆田人，字师复，号复斋。陈定弟。少从朱熹学。历泉州南安盐税，知安溪县。宁宗嘉定七年，入监进奏院，上书言时弊，慷慨尽言。迁军器监簿，又上言指陈三弊。出知南康军，改南剑州，救灾济民，多有惠政。后以直秘阁主管崇禧观。有《论语注义问答》《春秋三传抄》《读通鉴纲目》《唐史赘疣》等。（摘自《中国历代人名大辞典》）

刘克庄
（1187—1269）

宋兴化军莆田人，初名灼，字潜夫，号后村居士。刘凤孙。宁宗嘉定二年以荫补将仕郎，为真州录事参军、潮州通判。以作《落梅》诗获罪，不仕二十余年。理宗端平初起历宗正簿、枢密院编修官、江东提刑等。淳祐六年赐同进士出身，除秘书少监兼中书舍人。以劾权相史嵩之，贬知漳州。景定初迁工部尚书兼侍讲，以焕章阁学士致仕。尝受学于真德秀。反对南宋朝廷苟安妥协。诗学晚唐，为江湖派诗重要代表。词风雄放沉厚，多感慨时

事。有《后村先生大全集》。(摘自《中国历代人名大辞典》)

宋九嘉
（？—1233）

金夏津人，字飞卿。少入太学，为文有奇气。卫绍王至宁元年进士。历蓝田、高陵、扶风、三水四县令，有能名。入为翰林应奉，以病辞官。(摘自《中国历代人名大辞典》)

廖大圭
（生卒不详）

泉州晋江人，字恒白，号梦观道人。俗姓廖。得法于妙恩。博极群书，为文简严古雅，诗尤有风致。顺帝至正中居泉州紫云寺。有《梦观集》。(摘自《中国历代人名大辞典》)

郑允端
（生卒不详）

允端，字正淑，姓郑氏，吴中平江（今江苏省苏州市）人，宋丞相清之五世孙女也。其大父通判吴郡，徙居焉。饶于赀，有半州之目，世称花桥郑家。允端姿禀秀慧，尤善诗歌。归于同郡施伯仁，儒雅士也，相敬待如宾客。至正丙申，张士诚入平江，家为兵所破，郁郁致病而卒，年仅三十，窆于城东之南冈。宗族之士相谓曰：郑氏有容、有言、有学、有识，行乎中闺，可象可则。贞以厉己，懿以成德。有合谥典，宜谥曰贞懿。所著有《肃雍集》。(摘自《元诗选》)

刘 基
（1311—1375）

元明间浙江青田人，字伯温。刘濠曾孙。元顺帝元统元年进士，官高安县丞、江浙儒学副提举。

方国珍初起时，为江浙行省都事，力主加强镇压。当局不能用，乃弃官隐居。在乡组织武装，与方氏相抗。至正二十年，受朱元璋聘至应天，陈时务十八策。劝勿尊奉韩林儿，为筹划用兵次第，献计先灭陈友谅，次取张士诚，然后北定中原。吴元年，授太史令，累迁御史中丞。明建国后，封诚意伯。曾与李善长、宋濂定明典制。洪武四年，以弘文馆学士致仕。后为胡惟庸所谮，忧愤而死。一说为惟庸毒死。谥文成。通经史，精象纬，工诗文，与宋濂并为一代文宗。有《郁离子》《覆瓿集》《犁眉公集》等。（摘自《中国历代人名大辞典》）

于 谦
（1398—1457）

明浙江钱塘人，字廷益，号节庵。永乐十九年进士。宣德初授御史，出按江西，雪冤囚数百。迁兵部右侍郎，巡抚河南、山西，前后在任十九年。正统末年召为兵部左侍郎。十四年，尚书邝野从英宗北征，留谦理部事。土木之变，英宗被俘，郕王监国，谦力排南迁之议，决策守京师，迁尚书，为中外倚任。与诸大臣请郕王即位为帝。瓦剌兵逼京师，身自督战，击退之。论功加少保。终迫也先遣使议和，使上皇（英宗）得归。英宗复辟，石亨等诬谦议改立太子，又谋迎立襄王子，被杀害。弘治谥肃愍，万历改谥忠肃。有《于忠肃集》。（摘自《中国历代人名大辞典》）

谢 铎
（1435—1510）

明浙江太平人，字鸣治，号方石。天顺八年进士。授编修，进侍讲，直经筵。遭丧服除，遂不起。弘治初，以原官召修《宪宗实录》，擢南京国子祭酒，累官礼部右侍郎管祭酒事，居五年引疾归。经术湛深，文章有体要。任职国子监时，严课程，杜请谒，增号舍。卒谥文肃。有《赤城论谏录》《伊洛渊源续录》《赤城新志》《桃溪净稿》。（摘自《中国历代人名大辞典》）

顾 清
（1460—1528）

明松江府华亭人，字士廉，号东江。弘治六年进士。授编修，进侍读。平生以名节自励。正德初刘瑾擅权，同邑张文冕附之为显宦，清即绝不与通。瑾衔之，出为南京兵部员外郎。瑾诛，累迁礼部右侍郎。前后请立太子、罢巡幸，疏凡十数上。嘉靖初以礼部尚书致仕，卒谥文僖。工书，笔致清劲。有《松江府志》《傍秋亭杂记》《东江家藏集》。（摘自《中国历代人名大辞典》）

顾 璘
（1476—1545）

明苏州府吴县人，寓居上元。字华玉，号东桥居士。弘治九年进士。授广平知县。正德间为开封知府，忤太监廖堂，逮下锦衣狱，谪知全州。后累迁至南京刑部尚书，罢归。少负才名，与同里陈沂、王韦号金陵三俊，后又添朱应登并称四大家。诗以风调胜。晚岁家居，治息园，筑幸舍，延接胜流，江左名士推为领袖。有《息园》《浮湘》《山中集》《凭几集》及《息园存稿诗》《息园存稿文》《国宝新编》《近言》等。（摘自《中国历代人名大辞典》）

归 庄
（1613—1673）

明末清初江南昆山人，字玄恭，号恒轩，入清改名祚明，晚年居庙称圆照，又有归藏、归妹、归乎来、元功、园功、悬弓、尔礼、普明头陀、鏖鳌钜山人等字号。明诸生。与顾炎武相友善，有"归奇顾怪"之称。顺治二年，在昆山起兵抗清，事败亡命，穷困流离。生平喜骂人，虽失之偏激，实多仗义执言。善草书、画竹，文章胎息深厚，诗多奇气。有《悬弓》《恒轩》等集，传世者名《归玄恭文钞》《归玄恭遗著》。（摘自《中国历代人名大辞典》）

刘献廷
（1648—1695）

明末清初顺天大兴人，字继庄，一字君贤，别号广阳子。久居吴中。不仕。曾应徐乾学邀，与修《明史》。又远游湖南。学问主于经世，对兵法、文章、典制、兴亡之故、方域要害，均极究心，又旁通佛经、医药、农桑、音韵、梵文、拉丁文等。著作极多，传世惟《广阳杂记》。（摘自《中国历代人名大辞典》）

崔如岳
（生卒不详）

清直隶获鹿人，字岱斋，一字清峙。康熙三十八年举人，旋召试，授检讨。诗工古体、绝句。有《坐啸轩集》。（摘自《中国历代人名大辞典》）

郑　燮
（1693—1765）

清江苏兴化人，字克柔，号板桥。乾隆元年进士。历官山东范县、潍县知县，有惠政。以请赈饥民忤大吏，乞疾归。做官前后均居扬州卖画，为"扬州八怪"之一。诗书画均旷世独立，人称三绝，亦工词。尤擅写兰竹，风格劲峭。又用隶体掺入行楷，自称"六分半书"。有《板桥全集》。（摘自《中国历代人名大辞典》）

陈文述
（1771—1843）

清浙江钱塘人，原名文杰，字云伯，又字隽甫，字退庵。嘉庆五年举人，官江苏江都、常熟等县知县。有诗名，在京师与杨芳灿齐名，时称"杨陈"。有《碧城仙馆诗钞》《颐道堂集》等。（摘自《中国历代人名大辞典》）

参考文献

专著

北京大学中文系文学研究生资料组. 中国历代农民问题文学资料［M］. 北京：中华书局，1959.

北京大学古文献研究所. 全宋诗［M］. 北京：北京大学出版社，1991.

陈思. 两宋名贤小集（钦定四库全书影印本）［M］. 北京：线装书局，2021.

曹学佺. 石仓历代诗选（钦定四库全书影印本）［M］. 北京：线装书局，2021.

曹融南. 谢宣城集校注［M］上海：上海古籍出版社，1991.

程杰，张晓蕾. 古代耕织图诗汇编校注［M］. 北京：中国农业出版社，2022.

杜武定. 粮食经济古诗文选［M］. 北京：中国商业出版社，1986.

顾清. 东江家藏集（钦定四库全书影印本）［M］. 北京：线装书局，2021.

顾璘. 息园存稿诗集（文渊阁四库全书影印本）［M］. 上海：上海古籍出版社，1987.

顾嗣立. 元诗选［M］. 北京：中华书局，1987.

李壁. 王荆文公诗李壁注.［M］上海：上海古籍出版社，1993.

李纲. 梁溪集（钦定四库全书影印本）［M］. 北京：线装书局，2021.

李全根. 中国粮食经济史［M］. 南京：江苏人民出版社，1991.

刘基. 诚意伯文集（钦定四库全书影印本）［M］. 北京：线装书局，2021.

刘毓庆，李蹊. 诗经（中华经典名著全本全注全译丛书）［M］. 北京：中华书局，2011.

刘甲朋. 中国古代粮食储备调节制度思想演进［M］. 北京：中国经济出版社，2010.

潘慎. 古代农民生活诗选注［M］. 合肥：安徽文艺出版社，1986.

钱仲联. 剑南诗稿校注［M］. 上海：上海古籍出版社，2005.

石少龙. 石粮走笔［M］. 郑州：河南大学出版社，2020.

陶渊明. 陶渊明集［M］. 北京：中华书局，2007.

文同. 丹渊集（钦定四库全书荟要影印本）［M］. 长春：吉林出版集团，2005.

萧统，李善. 文选［M］. 北京：中华书局，1977.

徐积. 节孝集（钦定四库全书影印本）［M］. 北京：线装书局，2021.

谢思炜. 白居易诗集校注［M］. 北京：中华书局，2006.

辛更儒. 刘克庄集笺校［M］. 北京：中华书局，2011.

元好问. 中州集［M］. 上海：华东师范大学出版社，2014.

于谦. 于谦集［M］. 杭州：浙江古籍出版社，2013.

郁长荣，王璋. 中国古代粮食经济史［M］. 北京：中国商业出版社，1987.

郑允端. 肃雍集［M］. 济南：齐鲁书社，1997.

中华书局编辑部. 全唐诗：增订本［M］. 北京：中华书局，1999.

郑永晓. 黄庭坚全集辑校编年［M］. 南昌：江西人民出版社，2008.

中华书局上海编辑所. 郑板桥集［M］. 北京：中华书局，1962.

张㧑之，沈起炜，刘德重. 中国历代人名大辞典［M］. 上海：上海古籍出版社，1999.

论文

刘悦. 束皙集校注［D］. 长春：东北师范大学，2006.

李玉红，侯美灵，高学德.《耕织图诗》散论［J］. 沧桑，2008（1）：207-208.

刘蔚. 论宋代经济对田园诗的影响［J］. 江西社会科学，2008（12）：97-102.

陈牧川. 从王安石咏农诗探讨其乡村情结［J］. 农业考古，2010（6）：373-375.

王希玉. 苏州女诗人郑允端研究［D］. 湘潭：湘潭大学，2013.

孙启祥. 论文同诗歌的人民性［J］. 杜甫研究学刊，2017（2）：114-119.

文武. 丰收，穿越千古的厚重足音［J］. 产权导刊，2018（11）：70-72.

朱刚，张弛."元丰行"与晚年王安石的创作焦虑［J］. 山西大学学报（哲学社会科学版），2021，44（3）：34-42.

袁悦. 唐代经济制度视域下的农事诗研究［D］. 呼和浩特：内蒙古大学，2021.

王加华. 形式即意义：重农、劝农传统与中国古代耕织图绘制［J］. 开放时代，2022（3）：126-138.

后记

2019年，在山东商务职业学院领导的大力支持下，在中国轻工业出版社贾磊编辑的精心指导下，我创作出版了《解字说粮：汉字中的粮食文化》一书。此后该书有幸入选国家新闻出版署《全国农家书屋重点出版物推荐目录》，也荣获了省级、市级多个奖项，还拓展建成了粮食文化公园作为区域中小学生社会大课堂活动场馆。可以说，该书在粮食文化宣传普及方面取得了一点成效和影响。我深知这完全得益于中华粮食文化的深厚底蕴和独到魅力，我的作品仅仅粗浅地展现了沧海一粟。

在中华粮食文化的深厚土壤面前，我感到更多的是使命感和紧迫感。作为粮食行业职业教育战线上的排头兵，我们理应肩负起传承中华优秀传统文化的使命，努力为构建具有鲜明时代特色的粮食文化体系、为保障国家粮食安全提供强有力的文化支撑而尽绵薄之力。尤其是面临百年未有之大变局，粮食安全话题又成为全世界的焦点。作为世界上人口最多的国家，中国更要牢固树立粮食安全观，坚定粮食文化自信，全面形成爱粮节粮的社会风尚。基于以上认识，我和同事们依托山东商务职业学院"全国粮食安全宣传教育基地"的平台，持续开展粮食文化研究、宣传和教育，围绕"粮食文化育人"的主题，不断探索优化专业结构、创建品牌活动、打造校园景观、丰富宣传形式等。

这部《吟诗诵粮：古诗中的粮食文化》，旨在通过对相关古诗的梳理和解读，展现中国传统文化中重视粮食、期盼丰收、农事劳作、粮食流通、田赋制度和乡村生活等各方面的重要内容；并且，力求从古诗的视角来构建中华粮食文化体系，同时也在打造粮食文化的"诗性表达"和"艺术版本"，方便读者在吟诵古诗的同时进一步增强对中华粮食文化的认识和理解。

如今本书如愿付梓，在此向所有支持和关心本书的领导、同事、师友、亲朋表示诚挚的感谢！中国粮食研究培训中心主任李福君先生为本书提笔作序，中国书法家协会会员、西泠印社社员、著名书法篆刻家刘云鹤先生为本书题写书名，让我倍感振奋，备受鼓舞。"非学无以广才，非志无以成学。"在学习研究粮食文化的道路上，我会笃志力行，学而不厌，笔耕不辍。

　　最后，呈上一首由本人作词，郭仁杰作曲、编曲的歌曲《大国粮脉》，向我国悠久的粮食文化致敬！

大国粮脉

崔志远 作词
郭仁杰 作曲
郭仁杰 编曲

$1=\flat B$ $\frac{4}{4}$

♩=70 庄严、严肃地

（配乐朗诵）

上古荒芒，万物竞择，先人觅食而奔走。栉风沐雨，茹毛饮血，生命微渺无所由。
天降嘉种，圣贤亲耕，万年粮脉开源头。农教遂兴，自强不息，民生在勤天道酬。

（童谣形式）

粮在田，望稔熟，粮食功德世永流。粟飘香，满沃野，谢天念祖敬拜稽首。

1. 悠悠大事，民食为天，安邦定国粮先谋。重本贵粟，劝农力行，良田多稼盼丰收。
2. 经年积贮，颗粒节俭，金谷如云满仓斗。口腹安养，更知礼节，社稷太平赞歌奏。

粮在场，统筹周，粮食功德泽广厚。粟飘香，满沃野，中华儿女千载守候。守候！

4·5 6 34 | 5·7 6 67 | i· 3 2 5 | i - - -) | 3 3 45 - |
　　　　　　　　　　　　　　　　　　　　　　时代 之 光，

6 4 65 - | 5·6 54 3 43 | 3 - - - | 4 4·5 6 - | 5 5·6 7 - |
思想 引航， 民族伟业奋力 求。 乡村 振兴， 粮安为先，

6·6 6 i 7 6 | 5 - - - | 5 3 45 - | 6 6 65 - | 6·6 6 4 3 4 |
人民生活质 更 优。 现代 农业， 两藏 战略。 全面推进计 长

3 - - - | 4 4·5 6 - | 7 7·6 7 - | 7·6 5 6 2 | 3 | i - - - |
久。 大国 担当， 同心 同向， 粮农治理耀 寰 球。

rit.
(3 2 7 #5 4 2 3 | 3 - - -) | 4· 3 2 6 | 3· 2 1 3 | 5 5 5 6 7 4 | 3 - - - |
　　　　　　　　　　　　粮 在手， 心 无忧， 粮食功德惠 五 洲。

4· 3 2 6 | 3· 2 3 6 | 7 7 7 6 #5 5 5 6 | 7 - - i | 6 - - - | 6 - - ‖
粟 飘香， 满 沃野， 中华民族初心坚　守。 坚 守！

图书在版编目（CIP）数据

吟诗诵粮：古诗中的粮食文化 / 崔志远著；林美妤绘. -- 北京：中国轻工业出版社，2025.2.
ISBN 978-7-5184-5287-3

Ⅰ.I207.2；S37

中国国家版本馆CIP数据核字第2024Y58B05号

责任编辑：贾　磊　　责任终审：劳国强　　设计制作：锋尚设计
策划编辑：贾　磊　　责任校对：朱燕春　　责任监印：张　可

出版发行：中国轻工业出版社（北京鲁谷东街5号，邮编：100040）
印　　刷：艺堂印刷（天津）有限公司
经　　销：各地新华书店
版　　次：2025年2月第1版第1次印刷
开　　本：720×1000　1/16　印张：15.25
字　　数：240千字
书　　号：ISBN 978-7-5184-5287-3　定价：39.00元

邮购电话：010-85119873
发行电话：010-85119832　010-85119912
网　　址：http://www.chlip.com.cn
Email：club@chlip.com.cn

版权所有　侵权必究
如发现图书残缺请与我社邮购联系调换
240588K9X101ZBW